Kurzroman

Hals über Kuss

Poppy J. Anderson

Band 4

1. Auflage Dezember 2014

Covergestaltung: Catrin Sommer rausch-gold.com

Unter Verwendung von © Ruth Black - Fotolia.com

© trekandphoto - Fotolia.com

Korrektorat: SW Korrekturen e.U

www.poppyjanderson.de

poppyj.anderson@googlemail.com

Besuchen Sie mich auf Facebook:

www.facebook.com/pages/Poppy-J-Anderson

Klappentext

Cassidy Shephard ist ein absolutes Landei, das ein äußerst ordentliches sowie extrem langweiliges Leben mitten in der Kleinstadt Hailsboro in Texas führt, in der sich alles um Klatsch, Tratsch und das köstliche Gebäck der hiesigen Konditorei dreht. Daher ist die tüchtige Kindergärtnerin nicht sehr erpicht darauf, dass die Klatschmäuler erfahren, dass ausgerechnet sie, die Vorsitzende des Gartenvereins und die Gründerin der Gesundheitsfürsorge für Haustiere, bei einem Weihnachtstrip nach Las Vegas einen völlig Unbekannten geheiratet hat und unter einem Spiegel an ihrem Betthimmel aufgewacht ist, während ihr jegliche Erinnerung an diesen ereignisreichen Abend fehlt.
Sie versucht, die demütigende Erinnerung zu verdrängen, bis ihr Ehemann plötzlich auf ihrer Matte steht und nicht nur die ganze Stadt in helle Aufregung versetzt, sondern auch sie gehörig auf Trab hält.

1. Kapitel

25. Dezember

Es gab ein paar Dinge, die furchtbar armselig waren.

Über die Feiertage nach Las Vegas zu fliegen, um dort allein sein Weihnachtsgeld an Spieltischen zu verlieren und dem Barkeeper über einigen Gläsern Alkohol sein Leid zu klagen, gehörte ganz sicher dazu. Jedoch war es noch sehr viel armseliger, nackt in einem Hotelbett mit zerzauster Frisur, Make-up-Flecken im Gesicht und neben einem ebenfalls nackten sowie unbekannten Mann aufzuwachen, der seelenruhig schlief, während man selbst vor lauter Schock wie gelähmt war. Wenn man sich dann auch noch an rein gar nichts mehr erinnern konnte, was in der vorherigen Nacht passiert war, und nicht wusste, warum ein halb demolierter Plastikring an dem eigenen linken Ringfinger steckte, der zudem für einen grässlichen Hautausschlag verantwortlich zu sein schien, war die Verwirrung perfekt.

Cassidy Shephard jedenfalls war mehr als verwirrt und schluckte gegen die beißende Übelkeit in ihrer Kehle an, an der vermutlich der Alkohol schuld war, den sie sich gestern hinter die Binde gegossen hatte und der nun den schlimmsten Kater ihres Lebens heraufbeschwor. Nicht, dass sie viel Erfahrung mit Alkoholexzessen oder Katern gehabt hätte. Tatsächlich hatte sie erst ein Mal in ihrem Leben einen Schwips gehabt, und das war bei der Beerdigung ihres Großonkel Louis gewesen. Da Großonkel Louis ein wirklich widerlicher Mensch gewesen war – möge er in Frieden ruhen –, hatte sie den Flachmann ihrer Großmutter nicht an die Lippen geführt und einen großen Schluck des zwanzig Jahre alten Single Malts getrunken, um ihre Trauer zu bekämpfen, sondern um ihre Nervosität in den Griff zu bekommen, immerhin war sie sicher gewesen, der Trauergesellschaft eine Lebensmittelvergiftung zu bescheren, da sie befürchtet hatte, abgelaufenen Thunfisch in ihren Auflauf getan zu haben.

Leider war sie nur eine mäßige Köchin, was laut ihrer Großmutter mütterlicherseits der Grund dafür war, dass sie mit achtundzwanzig Jahren noch immer keinen Mann hatte.

Apropos Mann ...

Ihr kritischer und leicht verschwommener Blick glitt zu dem billigen Plastikring an ihrem Finger, während sich ein Loch in ihrem Magen auftat.

Natürlich war dies kein Ehering, redete sie sich selbst ein und kratzte vorsichtig sowie beinahe bewegungslos an der bereits abgeblätterten Farbe des Plastiks. Obwohl sie selbst nur Modeschmuck besaß, immerhin war sie Kindergärtnerin und verdiente daher nicht wirklich fürstlich, und keinen großen Wert auf Juwelen oder anderen Luxus-Pam-Pam legte, war sich Cassidy sicher, dass sie keinen Mann heiraten würde, der ihr einen Plastikring überreichte. Mochte ihr Ego auch angeknackst sein, besaß sie dennoch einen Funken Stolz.

Innerlich schüttelte sie abwehrend den Kopf.

Sie war Cassidy Shephard, Vorsitzende des Landschaftsvereins von Hailsboro, Mitglied der Gesellschaft für Gräberfürsorge und Gründerin des städtischen Gesundheitsvereins für Haustiere – niemand war vernünftiger, beherrschter oder sorgfältiger als sie. In ihrer Freizeit kümmerte sie sich um Projekte der Stadt, putzte das Haus ihrer Großmutter und brachte ihrer Nachbarin die Einkäufe nach Hause, damit diese nicht mehr Auto fahren musste, was ihr eigentlich einen Verdienstorden hätte einbringen müssen, immerhin blieben die Straßen der osttexanischen Kleinstadt, in der sie geboren und aufgewachsen war, auf diese Weise sehr viel sicherer.

Nein, Cassidy Shephard würde niemals nach Las Vegas fahren, um dort einen wildfremden Mann zu heiraten und nackt in einem zerwühlten Hotelbett aufzuwachen. Sie war der Typ Frau, der mit einem Mann erst nach einem guten Dutzend Dates ins Bett ging und sich deshalb mehr als einmal eine verklemmte, prüde Landpomeranze hatte nennen lassen müssen. Sie war viel zu vernünftig, um wie vom Leben gelangweilte Popsternchen mit abrasierten Haaren nach Las Vegas zu fahren und sich dort von Elvis trauen zu lassen. Mochte sie auch keinen Alkohol vertragen, konnte sie mit Gewissheit sagen, dass sie nicht zu diesen traurigen Gestalten gehörte.

Es musste eine andere Erklärung für den Ring an ihrem Finger geben.

Für den nackten Mann neben ihr, der gemütlich auf dem Bauch lag und das Gesicht von ihr abgewendet hatte, während er friedlich schlief, gab es jedoch vermutlich keine vernünftige Erklärung.

Beschämt schloss sie einen kurzen Moment die Augen, legte den Kopf auf das Kissen zurück und stieß einen kaum wahrnehmbaren Seufzer aus, bevor sie einen scheuen Blick an die Zimmerdecke warf und den zweiten Schock am frühen Morgen erlitt.

Wieso in Gottes Namen hing über ihr ein Spiegel?

Und in welchem Hotel befand sie sich überhaupt?

Sie konnte sich nicht erinnern, dass in ihrem Zimmer ein Spiegel über dem Bett gehangen hatte. Nein, das Hotelzimmer, das gerade noch in ihr eingeschränktes Budget gepasst hatte, weil es erschreckend teuer war, verfügte über einen winzigen Spiegel – im Badezimmer. Aber über dem Bett? Die verantwortungsbewusste Pädagogin in ihr fragte sich erschrocken, ob sie dieses Zimmer mit ihrer Kreditkarte bezahlt hatte und ob ihr Bankberater womöglich spitzbekommen konnte, dass sie sich in ein vermutlich einschlägiges Hotel eingebucht hatte, obwohl sie gleichzeitig Gast in einem anderen Hotel war. Hatte sie etwa ihr Konto überzogen? Die Zinsen dafür würden sicherlich gewaltig sein, dabei hatte sie sich fest vorgenommen, für einen neuen Wohnzimmerteppich zu sparen. Herrje! Ihr Bankberater war mit ihrer Tante befreundet, die noch nie eine Neuigkeit für sich hatte behalten können. Wenn irgendjemand aus Hailsboro erfuhr, dass Cassidy ...

Ein Schnaufen des nackten Mannes ließ sie zusammenzucken und die beschämenden Gedanken über mögliche Gerüchte ihrer Heimatstadt sofort unterdrücken. Zögernd glitt ihr Blick zu dem blondhaarigen Schopf und dem breiten Rücken, der bemerkenswert kräftig wirkte. Viel zu lange blieben ihre Augen auf den ausgeprägten Muskeln haften, bevor sie ein Stückchen tiefer wanderten und die Kerbe direkt über dem Po des Fremden begutachteten, während eine winzige Stimme in Cassidys Kopf das Bettlaken verfluchte, das ihr einen tieferen Blick verweigerte.

Entsetzt über diesen flüchtigen Gedanken bemerkte sie, wie peinliche Röte ihre Wangen überflutete.

Sie lag mit einem Wildfremden im Bett, war nackt und hatte keine Erinnerung an die letzte Nacht, wenn man außer Acht ließ, dass sie vor sich sah, wie sie beim Blackjack ihr ganzes Bargeld verloren und sich deshalb an die Bar gesetzt hatte, um ihren Kummer in Alkohol zu ertränken.

Die verlorenen vierhundert Dollar waren wesentlich weniger schmerzhaft gewesen als die Tatsache, dass sie Weihnachten allein verbrachte, in einer fremden Stadt war und vor nicht einmal einer Woche die Einladung zur Hochzeit ihrer ehemals besten Freundin mit ihrem ehemals festen Freund erhalten hatte.

Tiffany hatte schon immer eine ziemliche Boshaftigkeit besessen.

Im Grunde sollte es ihr egal sein, dass die beiden Menschen, die sie vor über vier Jahren dermaßen betrogen hatten, nun heiraten wollten. Die Episode war längst vorbei und vergessen. Ob Tiffany nun fett war oder nicht, sollte Cassidy nicht interessieren. Ob Simon die Geheimratsecken seines Dads bekam oder nicht, sollte ihr ebenfalls egal sein, sagte sie sich. Die beiden gingen sie nichts mehr an. Natürlich hätte es sie gefreut, wenn

Tiffany wie deren Mom einen fetten Hintern und ein wabbliges Doppelkinn bekäme oder wenn Simon wie dessen Dad beinahe alle Haare im vorderen Stirnbereich verlor und dadurch wie ein schwachsinniger Päderast wirkte. Cassidy wusste genau, dass es Tiffanys größter Alptraum war, das Aussehen ihrer Mutter zu bekommen, weshalb sie abends geschlagene zwanzig Minuten mit der flachen Hand gegen ihr Kinn schlug. Jeden Abend! Cassidy musste es wissen, schließlich war sie auf dem College ihre Mitbewohnerin gewesen. Tja, wenn es einen Gott gab, dann konnte Tiffany sich noch so viele Schläge verpassen und noch so viele Einheiten auf dem Stepper einlegen, aber nichts würde die Schwerkraft oder die natürliche Vererbung aufhalten, die aus ihr in reiferen Jahren ein menschliches Walross machte. Und auch Simon, der ständig seine Haare gezählt und Panik geschoben hatte, wenn er morgens auf dem Kopfkissen welche gefunden hatte, hätte es verdient, wie sein Vater dazu gezwungen zu sein, die noch verbliebenen Haarsträhnen in die Stirn zu kämmen und damit wie ein verurteilter Sexualverbrecher auszusehen, wenn es Gerechtigkeit auf der Welt gab. Es war natürlich nicht so, dass alle Männer, die zu Glatzenbildung neigten, wie Kinderschänder aussahen, doch Simons Dad besaß tatsächlich erschreckende Ähnlichkeit mit Walter Lee Williams.

Ja, es würde Tiffany und Simon recht geschehen, wenn sie auf dem Weg zu ihrem Honeymoon von Flughafenangestellten abgefangen und verhört würden, weil man Simon für einen flüchtigen Pädophilen hielt, der auf der Fahndungsliste des FBI stand.

Cassidy war kein rachsüchtiger Mensch, schließlich liebte sie den Film *Sieben Jahre in Tibet* mit Brad Pitt und war seither Fan des Dalai Lamas, und eigentlich sollten die beiden ihr wirklich völlig egal sein – aber sie waren es nun einmal nicht. Wenn man tief verletzt und enttäuscht wurde, war es sehr schwer, darüber hinwegzukommen. Bei ihr war es nicht anders gewesen.

Die Hochzeitseinladung hatte sie bereits genug frustriert, aber als sie dann auch noch gehört hatte, dass sie am Weihnachtsfest bei ihrer Tante Gertrude an den Katzentisch gesetzt werden sollte, an dem lauter minderjährige Kinder sitzen würden, während die Erwachsenen am großen Esstisch Platz nehmen könnten, war sie entschlossen gewesen, Weihnachten woanders zu verbringen. Die Bahamas lagen leider über ihren finanziellen Möglichkeiten, die nur für ein Ticket nach Las Vegas gereicht hatten. Natürlich hatte sie eigentlich gar keine Lust gehabt, Weihnachten ohne ihre Eltern und völlig allein in einer fremden Stadt zu verbringen, aber ein letzter Funke Stolz hatte es rigoros abgelehnt, zusammen mit dem fünfjährigen Mike und der achtjährigen Patty an einem Tisch zu sitzen, weil sie noch immer unverheiratet war und von ihrer Familie wie eine leicht zurückgebliebene alte Jungfer behandelt wurde. Die Aussicht, mit einem Drink in der Hand am einarmigen Banditen ein paar Münzen einzusacken und so dem kleinen Jesuskind zu gedenken, hatte Cassidy mehr zugesagt, als ihrem Großcousin Mike über einer Portion Schmorbraten dabei zuzusehen, wie er sich Popel aus der Nase pulte. Das musste sie schon das ganze Jahr über im Kindergarten ertragen. Also war sie in den Flieger gestiegen und hatte sich verboten, Selbstmitleid zu empfinden.

Und nun war sie hier.

In einem fremden Hotelzimmer mit einem Spiegel über dem Bett, einem juckenden Ringfinger und einem schlafenden Fremden neben sich.

Ein kurzer Blick zurück in den Spiegel offenbarte, dass sie wie ein tollwütiger Waschbär aussah, der kurz davor stand, den Gnadenschuss zu erhalten. Sie sah wirklich zum Fürchten aus und hätte so vermutlich jeden Kostümwettbewerb zu Halloween gewonnen, der Jahr für Jahr in Hailsboro abgehalten wurde. Naserümpfend rieb sie sich über die schwarzen Schatten unter ihren Augen und dachte seufzend, dass sie es mit dem Lidschatten ein wenig übertrieben hatte. Normalerweise schminkte sie sich an Heiligabend nicht, sondern sang Weihnachtslieder und war damit beschäftigt, die Kinder ihrer Familie davon abzuhalten, den Weihnachtsbaum umzurennen. Zudem trug sie an diesem Tag auch kein schwarzes Kleid mit Pailletten, sondern zog sich meistens den selbst gestrickten Pullover ihrer Großmutter an, obwohl sie darin wie eine überdimensionale Elfe aussah.

Bei dem Gedanken an ihr Kleid setzte sie sich langsam und äußerst behutsam auf, um den nackten Mann nicht zu stören, der glücklicherweise anstandslos weiterschlief. Ihr verschwommener Blick durchforstete das Zimmer, das aussah, als hätte Caligula höchstpersönlich eine seiner berühmten Orgien gefeiert. Kissen lagen auf dem Boden, Kleidungsstücke waren im ganzen Zimmer verteilt – beispielsweise hing ihr schwarzer BH über einem umgekippten Lampenschirm –, eine anscheinend leere Flasche Champagner lag auf dem Teppich vor dem Bett und mehrere Teller mit Essensresten standen auf diversen Möbelstücken herum.

Cassidy stieß ein weiteres Stoßgebet aus und hoffte, dass nicht sie mit ihrer Kreditkarte für dieses Zimmer gebürgt hatte. Kein Zimmermädchen dieser Welt würde solch eine Verwüstung nicht der Hotelleitung melden.

Je mehr sie über verwüstete Hotelzimmer, selbst gestrickte Pullover und sogar über die Popel des kleinen Mike nachdachte, desto nervöser wurde sie, schließlich ging ihr nicht aus dem Kopf, dass sie immer noch nackt war, sich neben einem nackten Mann befand und unter einem Spiegel lag.

Man buchte ein Hotelzimmer mit Spiegel über dem Bett nur dann, wenn man eine Sexorgie plante. Zum wiederholten Male fragte sie sich, wie sie hier gelandet war, denn eines war sicher: Sie plante keine Sexorgien mit wildfremden Männern. Sie telefonierte nicht einmal mit wildfremden Männern!

Da sie sich an wirklich nichts erinnern konnte, was in der vergangenen Nacht geschehen sein mochte, rätselte sie halb verzweifelt, halb entsetzt darüber, was unter diesem Spiegel alles passiert war, während sie gleichzeitig an dem verbogenen Plastikring an ihrem Finger zog, da das Jucken immer schlimmer wurde und sie beinahe um den Verstand brachte. Als sich das widerspenstige Material endlich von ihrer in Mitleidenschaft gezogenen Haut abstreifen ließ, atmete sie erleichtert auf und ließ das Plastik auf den Nachttisch fallen, auf dem sich – wie sie mit weit geöffneten Augen registrierte – ein Dutzend Kondome befanden.

Der Anblick der fein säuberlich eingeschweißten Kondome entsetzten sie zwar einmal mehr, weil sie ihr vor Augen führten, dass hier tatsächlich etwas stattgefunden haben musste, was sie im normalen und nüchternen Zustand sicherlich nicht getan hätte, aber gleichzeitig durchflutete sie pure Erleichterung. Cassidy war der Meinung, dass man nicht früh genug mit

Sexualkunde bei Kindern anfangen konnte, und hatte aus diesem Grund bei der letzten Stadtversammlung dafür plädiert, bereits die Grundschulkinder aufzuklären. Gott sei Dank war sie wenigstens diesem Credo treu geblieben und hatte verhütet.

Dennoch lösten die Kondome in ihr den Wunsch aus, so schnell wie möglich das Bett und das Hotelzimmer zu verlassen, bevor der Mann neben ihr wach wurde und mit ihr über die gestrige Verwendung der Kondome sprechen konnte.

Wie jemand, der eine Bombe entschärft und damit rechnet, jeden Moment in die Luft zu fliegen, rutschte sie Millimeter für Millimeter an den Bettrand, warf ständig einen Blick zurück auf den schlafenden Blondschopf und nagte währenddessen auf ihrer Unterlippe herum. Erschrocken hielt sie inne, als sich der Mann plötzlich bewegte, den Kopf hob und wieder fallen ließ, um mit einem lauten Schnaufen weiterzuschlafen. Wenn er ausgerechnet jetzt wach würde, spränge sie aus dem Fenster, schwor sie sich am Rande einer Hysterie.

Sobald sie sicher war, dass er wieder schlief, gab es kein Halten mehr. Vorsichtig, dennoch sehr eilig krabbelte sie aus dem Bett, gab nichts auf Scham und sammelte leise ihre Kleidung auf, bevor sie nach ihrer Tasche suchte, die sie unter dem Sofa fand. Wie diese dort hingekommen war, interessierte Cassidy momentan weniger. Genauso viel beziehungsweise genauso wenig Interesse schenkte sie den dicken Staubflocken unter dem Sofa und sagte sich, dass die Zimmermädchen vermutlich die Instruktionen bekamen, sich eher auf die Pflege des Spiegels zu konzentrieren, als lästigen Staub zu entfernen.

Mit gespitzten Ohren stopfte sie die Unterwäsche in ihre Tasche hinein und kämpfte mit dem Reißverschluss ihres Kleides, nachdem sie hastig in dieses hineingeschlüpft war. Das schlechte Gewissen plagte sie, da sie den Mann allein in diesem Chaos ließ. Vermutlich musste er eine horrende Summe für die entstandene Unordnung sowie den zerbrochenen Lampenständer bezahlen, überlegte sie verzagt. Unsicher kramte sie in ihrer Tasche nach etwas Geld, fand jedoch nur einen Fünf-Dollar-Schein sowie ein paar Chips aus dem Tropicana-Kasino. Um keine Zeit zu verlieren, unterdrückte sie die Frage, was sie dort gemacht haben könnte, schließlich hatte sie es ihrem Wissen nach niemals betreten, sondern legte das Geld und die Chips ebenfalls auf den Nachttisch und kritzelte rasch eine kurze Notiz auf einen Papierblock.

Nach einem letzten Blick auf den blondhaarigen Mann verschwand sie aus dem Hotelzimmer und übergab sich wenige Minuten stilecht in ein Taxi.

2. Kapitel

27. Dezember

„Willst du mir wirklich weismachen, dass du über Weihnachten in Las Vegas warst? *Du*?“

Cassidy runzelte die Stirn, unterdrückte ein mürrisches Schnauben und beschäftigte sich weiterhin eifrig mit den Wasserflecken in ihrer Spüle, die ungefähr genauso hartnäckig wie ihre Freundin June waren, die vor zehn Minuten ihre Küche betreten hatte und seitdem über Cassidys Trip nach Las Vegas reden wollte. Im Gegensatz zu der geschwätzigen June, die es sich auf einem Küchenstuhl gemütlich gemacht hatte und mitgebrachtes Gebäck vertilgte, wollte Cassidy jedoch nicht über ihren Aufenthalt in Sin City sprechen, sondern verdrängte jede Erinnerung, seit sie vorgestern aus dem Flieger gestiegen war und den schlimmsten Kater ihres Lebens bekämpft hatte. Nicht umsonst war sie seit gestern damit zugange, ihre Wohnung geradezu hygienisch steril zu putzen. Es lenkte sie nämlich ganz wunderbar ab, mit einer Zahnbürste alle noch so winzigen Ecken zu putzen und dabei zu vergessen, in welchem Zustand sie in einem fremden Bett neben einem fremden Mann aufgewacht war.

Neben einem fremden *nackten* Mann wohlgemerkt.

Die eifrige Hausfrau in ihrem Inneren kam sehr gut damit klar, ihr Haus auf Vordermann zu bringen und dabei völlig abzuschalten, doch die nervöse Kindergärtnerin, die um ihren Ruf und ihr Image besorgt war, war dermaßen durcheinander, dass sie sich am Morgen beinahe mit der Zahnbürste die Zähne geputzt hätte, die eigentlich für die Hausreinigung missbraucht wurde. Eigentlich hatte sich Cassidy auf ihre Ferien gefreut und war bei dem Gedanken, nicht den lieben langen Tag Kindergeschrei zu hören und mit Wachsmalstiften beschossen zu werden, geradezu euphorisch geworden, doch nun sehnte sie sich danach, wieder zur Arbeit zu gehen. Denn ihr Job im städtischen Kindergarten bedeutete nun einmal, dass sie kaum Zeit hatte, an etwas anderes zu denken.

Allein zu Hause zu sein, ließ ihr wiederum viel Spielraum, sich um alles Gedanken zu machen.

Aus diesem Grund war sie auch sehr dankbar, dass June vorbeigeschaut hatte, doch nun wollte ihre Freundin anscheinend jede Kleinigkeit ihrer Las-Vegas-Reise wissen. Das wiederum passte Cassidy überhaupt nicht.

„Also? Schieß los! Wieso hast du nicht im Kreis deiner Familie gefeiert? Es sieht dir doch gar nicht ähnlich, allein loszuziehen und die Feiertage in einem Kasino zu verbringen."

Cassidy verdrehte die Augen und warf das Putztuch in die Spüle, bevor sie nach einem Glas griff und einen großen Schluck Wasser nahm. Betont gleichmütig erwiderte sie, nachdem sie das Glas wieder beiseite gestellt hatte: „Auch ich muss nicht immer im Kreise meiner Familie feiern, June."

„Seit wann?"

Mit einem Schnauben setzte sie sich auf den anderen Stuhl und schaute stöhnend in das amüsierte Gesicht vor sich. „Gerade du solltest wissen, warum ich zurzeit Familientreffen meide."

Ihre Freundin unterdrückte ein Lachen, auch wenn dieser Versuch missglückte, immerhin wusste Cassidy sehr gut, weshalb June derart belustigt war. „Ach ja?"

„Ja!“ Bekräftigend nickte Cassidy. „Es ist der reine Wahnsinn. Seit Grandma Grandpa rausgeworfen hat, ist sie außer Rand und Band. Leider fällt mir die zweifelhafte Ehre ständig zu, nach ihr zu sehen. Daher hielt ich es für richtig, Weihnachten zu schwänzen.“

„Und das ist alles?“ June besaß einen angeborenen Spürsinn und zeigte durch eine hochgezogene Augenbraue, dass sie ihrer Freundin nicht wirklich glaubte.

Cassidy würde jedoch einen Teufel tun und June offenbaren, dass sie es satthatte, als bemitleidenswerter Single an den Katzentisch verbannt zu werden, und dass sie deshalb nach Las Vegas geflohen war. Ihre Freundin gehörte nämlich zu den beneidenswerten Menschen, die in einer glücklichen Beziehung steckten und stets diesen bemitleidenswerten Blick aufsetzten, sobald ihnen eine ledige Person ihr Leid klagte. Frauen wie Cassidys Cousine Anne, die einen grauenvollen Mann mit noch grauenvolleren Manieren und einem ebenso grauenvollen Job vorzuweisen hatten, bemitleidete wiederum Cassidy, weil sie um Nichts auf der Welt mit ihnen tauschen wollte, aber June war hübsch, erfolgreich und hatte seit einigen Monaten Wyatt an ihrer Seite, der trotz seiner schweigsamen Art allzu deutlich zeigte, wie verliebt er in die Großstadtpflanze war, die seinetwegen von New York aufs ländliche Texas gezogen war.

Frauen wie June waren zu beneiden, und das stank Cassidy gewaltig. Es war nicht so, dass sie sich für ihre Freundin nicht gefreut hätte. Ihr stank es lediglich, dass sie bereits so weit war, Neid für jemanden wie June zu empfinden, denn eigentlich war sie von Natur aus jemand, der niemandem gegenüber Missgunst empfand. Nicht einmal ihrer grauenvollen Kollegin Danielle, die so ungefähr alles tat, um sich bei ihr unbeliebt zu machen.

„Du kennst doch meine Grandma, June."

„Das mag schon stimmen, aber du benimmst dich immer wie eine Heilige, meine Liebe. Wie oft habe ich dir schon gesagt, dass du in deiner Familie auf den Putz hauen sollst."

„Eben." Cassidy lehnte sich zurück und mied den Blickkontakt zu June. „Ich habe mir deinen Rat zu Herzen genommen und etwas Abstand zu der Familie geschaffen."

„Ein guter Anfang wäre auch gewesen, wenn du deiner Grandma gesagt hättest, dass du ihr nicht länger die diabetischen Füße massierst."

Augenblicklich seufzte Cassidy und schüttelte den Kopf. „Ich massiere nicht die Füße meiner Grandma, sondern habe ihr lediglich ein Fußbad vorbereitet. Du musst nicht immer so übertreiben."

June prustete vergnügt. „Entschuldige, aber ich bin Autorin. Übertreibungen sind mein täglich Brot."

„Das habe ich längst bemerkt."

Wenn Cassidy so darüber nachdachte, war es schon komisch, dass ausgerechnet sie beide sich angefreundet hatten. Angesichts ihrer familiären Vorgeschichte hätte man nämlich davon ausgehen müssen, dass sie sich mieden wie ein Diättreibender eine Bäckerei. Seitdem Junes Großtante vor einigen Monaten mit Cassidys Großvater in flagranti erwischt worden war, war der Seitensprung ihres Großvaters in aller Munde. Für Cassidy war es nur schwer zu ertragen, dass überall über ihre Familie getuschelt wurde. June dagegen nahm die Gerüchte um ihre Großmutter mit einem Achselzucken zur Kenntnis. Manchmal wünschte sich Cassidy, ebenso lässig darauf reagieren zu können.

June merkte man problemlos an, dass sie aus der Stadt kam. Sie interessierte sich nicht die Bohne dafür, wer was über sie sagte, sondern reagierte stets mit einem frechen Spruch.

Cassidy dagegen sorgte sich ständig darum, was man über sie sagen könnte, und war daher bemüht, besonders ordentlich, zielstrebig und fleißig zu sein. Etwas anderes konnte sie sich als Kindergärtnerin auch gar nicht leisten, sagte sie sich. Die Eltern ihrer Schützlinge vertrauten schließlich nicht irgendwem ihre Kinder an. Nicht umsonst engagierte sie sich in allen möglichen Komitees der Stadt und übernahm die Posten, die sonst niemand wollte. June hatte ihr schon oft geraten, sich nicht ständig ausnutzen zu lassen, aber das sagte sich so leicht.

„Was macht dein Grandpa?"

„Er wohnt noch immer im Gartenhäuschen und lässt sich zweimal am Tag etwas vom Lieferservice kommen. Grandma dreht durch." Sie nickte ihrer Freundin zu. „Schickt er deiner Großtante immer noch Blumen?"

„Mittlerweile ist er zu Pralinen übergegangen." June verdrehte die Augen. „Tante Laura hat schon zig Kilos zugenommen, trotzdem will sie nichts von ihm wissen. Die Pralinen nimmt sie jedoch an. Was für eine Freakshow." Sie räusperte sich. „Wie nimmt es deine Grandma auf, dass sich ihr Mann für Tante Laura interessiert?"

Cassidy zuckte mit der Schulter. „Wenn du wissen willst, ob sie sich daheim verkriecht, muss ich dich enttäuschen. Sie tobt vor Wut."

Ihre Grandma war nun einmal kein zartbesaitetes Unschuldslamm, das tieftraurig zu Hause saß und Tränen über der Fernbedienung des Fernsehers vergoss. Die alte Dame hatte gehörig Haare auf den Zähnen und eine so spitze Zunge, dass sogar der Pastor sie fürchtete. Cassidy konnte ein Lied davon singen! So wie sich ihre Großmutter verhalten hatte, ging Cassidy nicht davon aus, dass sich die alte Dame gedemütigt fühlte. Zwar war sie Opfer eines der größten Skandale von ganz Hailsboro geworden, seit Emma Sandler ein dunkelhäutiges Baby zur Welt gebracht hatte, obwohl sie mit einem zuckerwatteweißen Mann verheiratet war, doch für ihre

Grandma war die Untreue ihres Mannes kein Grund gewesen, sich in ihrem Haus zu verkriechen.

Seitensprünge kamen zwar in den besten Familien vor, doch die Tatsache, dass Cassidys achtundsiebzigjähriger Großvater mit der besten Freundin seiner Frau einen Autounfall erlitten hatte, während er von der Hüfte abwärts nackt auf dem Fahrersitz gesessen hatte und das Gesicht der ebenfalls knapp Achtzigjährigen in seinem Schoß vergraben gewesen war, hatte für einige Schlagzeilen im ganzen Ort gesorgt. Ihrer Großmutter war dies anscheinend nicht peinlich gewesen. Ganz im Gegenteil! Sie hatte das Geschehen überall herumposaunt und sich in keiner Weise dafür geschämt, dass ihr Mann halbnackt aus seinem ramponierten Auto mit einem Schneidbrenner befreit werden musste, nachdem er mit seinem uralten Chevy in einen Baum gefahren war.

Wenn Cassidy daran dachte, dass ihr achtundsiebzig Jahre alter Großvater, der sich seit drei Jahren nur noch mit einem Rollator fortbewegen konnte und sich seit fast sechzig Jahren nicht traute, seiner Frau auch nur ein einziges Mal zu widersprechen, wie ein Teenager in seinem Auto mit einer anderen Frau herumgemacht hatte, überkam sie das Bedürfnis, sich die Hände vor die Augen zu halten und schreiend durch ihren winzigen Garten zu rennen. Natürlich war ihr klar, dass auch ältere Menschen ein ausgefülltes Sexleben haben konnten, dennoch wollte sie sich nicht unbedingt ihren Großvater beim Sex vorstellen.

Was den Seitensprung betraf, konnte sie ihm noch nicht einmal einen Vorwurf machen, schließlich wusste sie, wie er unter ihrer Großmutter zu leiden hatte. Und ganz sicher konnte sie ihm auch keinen Vorwurf machen, dass er aus heiterem Himmel die Scheidung eingereicht hatte und ins Gartenhäuschen gezogen war, nachdem ihre rasende Grandma ihn hinausgeworfen hatte. Dennoch hätte sie es lieber gesehen, wenn die beiden sich endlich wieder vertragen hätten. Für den Familienfrieden, den Stadtklatsch und ihre beschränkte Freizeit wäre dies sicherlich das Beste gewesen.

„Tante Laura ist ziemlich genervt, dass Rupert nicht locker lässt. Sie hätte es gerne, dass er zu Alma zurückginge.“

„Wenn sie ihn zurücknimmt“, schränkte Cassidy ein. „Grandma ist sehr in ihrem Stolz verletzt.“

„Was ich äußerst gut verstehen kann.“

Ein kurzer Blick auf die Uhr sagte ihr, dass sie glücklicherweise noch ein bisschen Schonfrist hatte, um ihre Großmutter zu besuchen. Momentan fuhr sie beinahe jeden Tag dorthin, um nach dem Rechten zu sehen, bevor sie sich ins Gartenhäuschen schlich und nach ihrem Großvater sah. Die Vorwürfe ihrer Großmutter, sobald sie die Spionagetätigkeiten ihrer Enkelin bemerkte, klingelten ihr jetzt schon in den Ohren.

Seufzend streckte sie ihre Beine von sich. „Bald ist mein Urlaub vorbei, und anstatt ihn gemütlich vor dem Fernseher zu verbringen, muss ich meine Großeltern besänftigen.“

„Du *musst* es nicht“, erinnerte June sie.

„Wer soll es denn sonst machen?“ Am liebsten hätte sie laut gestöhnt. „Da sind mir ja sogar die Intrigen im Kindergarten lieber.“

„Intrigen?“ June verschluckte sich vor Lachen beinahe an ihrem Kaffee. „Was denn für Intrigen?

Bekommt diejenige, die nicht im Takt klatscht, einen Urlaubstag weniger?“

„Ha, ha, sehr komisch.“ Cassidy rümpfte die Nase. „Nichts gegen unser Geschlecht, aber mittlerweile habe ich festgestellt, wie anstrengend es sein kann, mit Frauen zu arbeiten.“

„Ach.“ June wedelte mit einer Hand vor ihrem Gesicht hin und her. „Das kenne ich.“

Fragend runzelte Cassidy die Stirn. „Woher willst du das denn wissen? Du bist Autorin und arbeitest vom Schreibtisch aus.“

„Na und?“ Wie die Ruhe selbst zwinkerte ihre Freundin ihr zu. „Wenn du wüsstest, welche staatlich anerkannten Psychopathinnen sich hinter einigen meiner Kolleginnen versteckt haben, wärst du bleich vor Schreck!“

„Hör doch auf.“ Nun musste Cassidy lachen. „Du schreibst Liebesromane – Schnulzen. Hinter diesen Geschichten verbergen sich süße, Tee trinkende Frauen, die mit Hasenpantoffeln an ihren Schreibtischen sitzen und romantische Bücher schreiben.“

Mit ernster Miene betonte June jedes Wort. „Das denkst *du*.“

„Etwa nicht?“

Abwägend zog sie die Nase kraus. „Natürlich sind nicht alle Liebesromanautorinnen psychopathische Freaks, aber unter ihnen verstecken sich auch schon einmal falsche Schlangen, die dir unter einem anderen Namen ein Plagiat vorwerfen, dir schlechte Bewertungen schreiben oder fiese Kommentare hineindrücken.“

Verstört schüttelte Cassidy den Kopf. „Was?“

„Oh ja. Eine besonders kreative Dame versuchte es einmal damit, sich bei mir durch zuckersüße Lobgesänge einzuschleimen, während sie hinter meinem Rücken Anschuldigungen gegen mich losließ und meinte, so klug zu sein, dass ich es nicht mitbekommen würde.“

„Unfassbar.“

„Unfassbar doof“, lachte June amüsiert. Wie es schien, störte sie die Attacke ihrer sogenannten *Kollegin* nicht einmal.

„Stört dich das nicht?“

„Wieso sollte es? Was juckt es die Eiche, wenn sich die Sau an ihr wetzt?“ Sie nickte ihr zu. „Das gilt auch für dich. Es sollte dich ebenso wenig stören, wenn diese neidzerfressene Danielle mal wieder deinen Stuhlkreis torpedieren will, während du den Kindern das Märchen von der Prinzessin auf der Erbse oder eine Mickey-Mouse-Geschichte vorlesen willst."

Cassidy verschränkte die Arme vor der Brust und musterte June ein wenig missmutig. „Das klingt so, als hätte ich den bekloppptesten Job der Welt."

„Ganz ehrlich?" June schüttelte den Kopf. „Du hast meiner Meinung nach den anstrengendsten Job der Welt. Tauschen möchte ich nicht mit dir. Da sitze ich doch lieber in meinen Hasenpantoffeln am Schreibtisch und verfasse Schnulzen."

„Jetzt hast du es mir aber gegeben."

„Und wie." Lachend erhob sich June. „Und da die nächste Schnulze auf mich wartet, muss ich mich wieder auf den Weg machen."

„Ehrlich?" Gespielt enttäuscht verzog Cassidy das Gesicht. „Dabei war es doch gerade so lustig."

„Du musst gar nicht erst glauben, dass ich deinen Trip nach Las Vegas vergessen habe. Ich rufe dich morgen an und will jede Einzelheit wissen."

Darauf würde sie lange warten können, schwor sich Cassidy, nickte jedoch brav und brachte June anschließend zur Tür. Kaum war ihre Freundin verschwunden, griff sie wieder nach einem Putzlappen und machte sich daran, die Fliesen über dem Herd zu putzen, um ja nicht auf die Idee zu kommen, auch nur für eine Millisekunde an Las Vegas denken zu müssen. Da dachte sie sogar lieber an die zickige Danielle, die es auf ihren Posten als Gruppenleiterin abgesehen hatte. Wie es schien, hatte sich momentan alles gegen sie verschworen.

Als es an ihrer Tür klopfte, ging sie davon aus, dass June irgendetwas vergessen haben musste, und schlurfte durch den Flur. Kaum hatte sie die Tür geöffnet, blinzelte sie heftig, weil ihr jemand einen Zettel entgegenhielt, auf dem sie sofort ihre eigene Handschrift erkennen konnte.

Das mit dem Ständer tut mir leid.

Mehr Geld hatte ich leider nicht.

Cassidy

3. Kapitel

„Das ist ganz unmöglich.“ Aufgebracht lief sie im kleinen Flur ihres Hauses auf und ab. „Ich heirate keine wildfremden Männer.“

„Das tue ich normalerweise auch nicht“, erklang eine amüsierte Stimme. „Falls es dich beruhigt: Ich war noch nie mit einem wildfremden Mann verheiratet.“

Cassidy blieb mitten im Schritt stehen, runzelte die Stirn und betrachtete den Mann ungläubig, der vor nicht einmal zwei Minuten auf ihrer Veranda gestanden und sich als ihr Ehemann vorgestellt hatte. Beinahe hätte sie ihn hochkant vor die Tür gesetzt, doch die Heiratsurkunde in seiner Hand hatte sie dermaßen schockiert, dass sie nicht einmal protestiert hatte, als er wie selbstverständlich eingetreten war. Jetzt stand er in ihrem Flur, war die Ruhe selbst und sah sich interessiert um. An die blonden Haare konnte sie sich sogar erinnern, immerhin war sie neben diesem Schopf wach geworden, doch das gut gelaunte Gesicht mit den beinahe schwarzen Augen und den tiefen Grübchen war ihr absolut fremd.

„Soll das etwa lustig sein?“

„Na, eine Komikerin bist du ja nicht wirklich“, erwiderte er nicht im Mindesten betrübt. „Dabei habe ich über deinen Zettel herzhaft lachen müssen.“

Mit großen Augen und brennenden Wangen stotterte Cassidy: „Ich ... ich meinte den Lampenständer!“

„Aber sicher“, gluckste er amüsiert. „Ein bisschen kam ich mir wie ein Callboy vor, der mit Chips aus einem Kasino bezahlt wurde, und ich dachte, dass du dir einen Scherz erlaubt hättest und gleich wiederkommen würdest.“

Der Herzschlag dröhnte ihr in den Ohren. Hastig schluckte sie gegen die Trockenheit in ihrer Kehle an und biss sich unsicher auf die Unterlippe. Tausend Fragen rasten ihr durch den Kopf, doch wo sollte sie bloß anfangen? Konnte man den Mann, mit dem man allem Anschein nach verheiratet war, überhaupt nach seinem Namen fragen oder galt dies als unhöflich?

„Hör zu ...“

„Cameron.“ Gut gelaunt neigte er den Kopf. „Cameron Kennedy.“

„Gut, Cameron." Auch sie neigte kurz den Kopf. „Willst du mir allen Ernstes sagen, dass wir verheiratet sind?"

„Natürlich." Prompt nickte er. „Der King höchstpersönlich hat uns getraut."

Cassidy schnitt eine Grimasse. „Ich käme niemals auf die Idee, mich von einem Elvis-Double verheiraten zu lassen."

Der Mann konnte nicht ganz richtig im Oberstübchen sein, da sein Lächeln noch eine Spur breiter wurde. „Kannst du dich etwa an gar nichts mehr erinnern?"

„Nein." Verzweifelt hob sie die Hände. „Der Alkohol ..."

Lachend schob er sich beide Hände in die Taschen seiner Jeans. „Du musst dir keine Sorgen machen, das Double war richtig gut und hat zum Schluss sogar auf deinen persönlichen Wunsch *Hound Dog* gesungen."

„Was?" Verwirrt sah sie ihm ins Gesicht.

Er zuckte mit der Schulter. „Ich hätte ja *Love Me Tender* vorgezogen, aber du hast so vehement darauf bestanden, dass ..."

„Moment“, unterbrach sie ihn zweifelnd. „Das kann alles gar nicht stimmen. Du kennst mich nicht, denn sonst würdest du wissen, dass ich nicht der Typ dafür bin, irgendjemanden zu heiraten – und schon gar nicht in einer kitschigen Las-Vegas-Kapelle.“

„Autsch.“ Nun verzog er das Gesicht. „Irgendjemand? Ich bin immerhin dein Mann. Außerdem war die Trauung sehr romantisch.“

Kurz vor einem Nervenzusammenbruch musterte sie ihn ungläubig. Er war groß – sicherlich einen Kopf größer als sie –, sein Gesicht hätte raubeinig wirken können, wenn er nicht ständig lächeln würde, und das Schlimmste war, dass die verflixten Grübchen sie fast selbst zu einem debilen Lächeln animierten. „Mein Mann? Ich kannte bis vor einer halben Minute nicht einmal deinen Namen!“

Verständnisvoll deutete er auf sich. „Cameron Kennedy.“

„Das weiß ich jetzt auch“, zischte sie ihm zu.

„Und du heißt Cassidy Shephard ... nein, das stimmt nicht. Mittlerweile heißt es Cassidy Kennedy.“

Vor lauter Schock blieb ihr der Mund offen stehen. „Cassidy Kennedy? Nein! Niemals hätte ich deinen Namen angenommen, wenn dabei *so* etwas rausgekommen wäre. Ich bin doch nicht verrückt!"

Wieder lachte er heiter auf. „Du fandst deinen Namen sehr komisch und hast dich nach unserer Trauung sogar dem Taxifahrer so vorgestellt. Und dem Portier. Und dem Fahrstuhl. Das war besonders amüsant."

Ablehnend schüttelte sie den Kopf und trat automatisch einen Schritt zurück. „Geht es hier um Geld? Oder um eine Greencard?"

Cameron verdrehte die Augen. „Greencard? Ich komme aus Missouri ..."

„Dann muss es um Geld gehen", unterbrach sie ihn ein weiteres Mal hektisch. „Ich weiß zwar nicht, was ich dir in Las Vegas erzählt habe, aber ich habe kein Geld, das du dir unter den Nagel reißen könntest."

Seufzend fuhr er sich durch das Haar. „Du bist Kindergärtnerin und sparst eigentlich auf einen neuen Wohnzimmerteppich, den du dir jetzt jedoch nicht leisten kannst, weil du deine Ersparnisse beim Blackjack verloren hast, Cassidy. Denkst du tatsächlich, dass ich davon ausgehe, dass bei dir viel zu holen wäre?“

Schockiert musterte sie sein uneingeschränkt freundliches Gesicht. „Woher weißt du das?“

„Von dir.“ Amüsiert zog er seine Jacke aus und warf sie über das Treppengeländer, wie sie leicht betäubt verfolgte. „Ich weiß ziemlich viel, schließlich hast du mir bereits in der Bar fast ein Ohr abgekaut.“

„Das kann nicht sein“, flüsterte sie fassungslos.

„Ts, ts, ts. Dass du dich nicht mehr an unser Kennenlernen erinnerst ...“

Auch wenn seine Miene pures Vergnügen ausdrückte, empfand Cassidy nichts als ein erdrückendes Gefühl von Panik. „Das ist wirklich alles andere als ein Grund zum Scherzen.“

„Ich fand es auch nicht sehr lustig, allein aufzuwachen und meine Frau zu vermissen.“

Cassidy atmete tief durch und fragte sich, ob der Mann vor ihr aus irgendeiner Anstalt ausgebrochen war. Eigentlich hätte sie Angst haben müssen, dass ein fremder Mann in ihrem Haus stand und sich wie selbstverständlich einbildete, legal mit ihr verheiratet zu sein. Bei jedem anderen Menschen hätte sie darüber nachgedacht, die Polizei anzurufen, doch komischerweise flößte Cameron Kennedy ihr keinerlei Angst ein – dafür war sein Lächeln einfach zu ehrlich und zu entwaffnend.

Die Tatsache, dass sie jedoch höchstwahrscheinlich wirklich mit ihm verheiratet war und ganz Hailsboro davon erfahren würde, dass Cassidy Shephard in Las Vegas einen Fremden geheiratet hatte und kurz darauf die Ehe annullieren lassen würde, jagte ihr dagegen eine höllische Angst ein. Was mussten die Leute bloß von ihr denken, wenn das herauskam?

„Wenn ich gewusst hätte, dass wir geheiratet haben, wäre ich nicht einfach verschwunden“, erwiderte sie lahm und spürte, wie ein dumpfer Kopfschmerz in ihrer rechten Schläfe einsetzte. „Als ich in einem fremden Hotelbett neben einem fremden Mann wach wurde, habe ich Panik bekommen.“

„So viel hast du doch gar nicht getrunken“, rätselte Cameron belustigt. „Dass du nicht ganz nüchtern warst, habe ich schon gemerkt ...“

„Dann hättest du mich zu dieser Eheschließung gar nicht überreden dürfen, wenn du gesehen hast, dass ich betrunken war“, unterbrach sie ihn aufgeregt und fuchtelte mit ihren Händen vor seinem Gesicht herum.

„Hey“, empörte er sich und wich ihren Händen aus. „Erstens war ich selbst angetrunken, und zweitens war es deine Idee, von Elvis verheiratet zu werden.“

„Meine Idee?“ Sie zwinkerte verständnislos.

„Du hast mir davon erzählt, dass du bei Familienfesten am Katzentisch sitzen müsstest, weil du keinen Mann hast, also wolltest du mich heiraten.“

„Nein, unmöglich.“ Wieder schüttelte sie den Kopf. „So bin ich nicht.“

Seufzend verlagerte er sein Gewicht auf das andere Bein. „Du warst laut, fröhlich und gut gelaunt, nachdem du den Schock überwunden hattest, beim Blackjack verloren zu haben. Alles andere hat sich von selbst ergeben.“

Ungläubig sah sie ihn an. „Willst du mir etwa sagen, dass du kein Problem damit hast, eine wildfremde Frau geheiratet zu haben?“

Er zuckte lässig mit der Schulter. „Es war Weihnachten und wir beide waren allein ...“

„Aber deshalb heiratet man doch nicht irgendjemanden!“

Mit trockenem Tonfall erwiderte er salopp: „Bei meiner ersten Hochzeit kannte ich meine Braut schon fünfzehn Jahre, dennoch ist es nicht gut gegangen.“

Cassidy kniff die Augen zusammen. „Du warst schon einmal verheiratet?“

„Jep.“ Unvermindert fröhlich nickte er. „Ihr Name war Sally. Du siehst also, dass ich ein Faible für Frauen habe, deren Namen sich auf meinen Nachnamen reimen.“

„Cameron“, knirschte sie durch die Zähne. „Du bist nicht sonderlich hilfreich.“

„Das sind Ehemänner nie.“

Am liebsten hätte sie vor lauter Frustration geschrien, stattdessen ballte sie die Hände zu Fäusten. „So geht das nicht.“

„Falls du dir Sorgen um Sally machst, kann ich dich beruhigen. Ihr geht es fabelhaft. Mittlerweile lebt sie in Seattle ...“

„Ich mache mir doch keine Sorgen um deine erste Ehe“, blaffte sie ihn an. „Ich denke darüber nach, in welchem Schlamassel wir stecken!“

„Abgesehen davon, dass mich mein liebendes Eheweib nach unserer Hochzeitsnacht verlassen hat, sehe ich keinen Schlamassel."

Seine Sorglosigkeit war derart nervenaufreibend, dass sie ihn einfach stehen ließ und zurück in die Küche trampelte, um dort nach Alkohol zu suchen. Zwar verursachte ihr allein der Gedanke an ihren Kater eine würgende Übelkeit, doch gleichzeitig bemerkte Cassidy, dass sie unbedingt etwas trinken musste, um diesen ungebetenen Besuch zu überleben.

Während sie in ihren Kühlschrank sah, hörte sie hinter sich Geräusche, die darauf schließen ließen, dass er ihr gefolgt war.

„Hast du etwas zu essen da? Ich habe einen Mordshunger."

Frustriert bemerkte sie, dass sie nicht einmal Eierlikör im Haus hatte, und warf die Kühlschranktür wieder zu. Anschließend drehte sie sich zu dem blondhaarigen Mann um, der sich auf einen Stuhl sinken ließ und sie erwartungsvoll ansah.

Eine Frage brannte ihr auf der Zunge, die sie minutenlang zurückgehalten hatte und nun mit aller

Macht herauswollte. „In Las Vegas ... in diesem Hotelzimmer ... haben wir ...? Du weißt schon."

„Willst du mich danach fragen, ob wir Sex hatten?"

Geradezu peinlich berührt verschränkte Cassidy die Arme vor der Brust. „Keine dummen Sprüche. Haben wir oder haben wir nicht?"

„Natürlich haben wir – immerhin war es unsere Hochzeitsnacht."

Da er verdammt ernst klang und sich ausnahmsweise kein Grinsen auf seinem Gesicht befand, glaubte sie ihm.

Stöhnend senkte sie den Kopf. „Oh Gott."

„Ich muss dir sicherlich nicht sagen, dass du meinem Selbstbewusstsein nicht gerade guttust. Es ist schlimm genug, dass du dich nicht an unsere Hochzeit erinnern kannst, aber unsere Hochzeitsnacht?"

Zu Scherzen war sie wirklich nicht aufgelegt, sondern erklärte mit belegter Stimme: „Hör zu, Cameron. Was machen wir jetzt?"

Er zuckte mit der Schulter. „Du musst nicht großartig kochen. Ein Sandwich reicht und dann ..."

„Ich meine unsere Hochzeit!" Aufgebracht kniff sie die Lippen zusammen.

Der Mann, der ihr Ehemann sein sollte, betrachtete sie abwägend. „Da ich noch ein paar Tage Urlaub habe, wollte ich hierbleiben und etwas Zeit mit dir verbringen."

„Ausgeschlossen", beharrte sie strikt. „Wir sollten so schnell wie möglich eine Lösung finden."

Als er nichts sagte, sondern sie weiterhin ansah, holte Cassidy tief Luft. „Das alles war ein großer Fehler. Selbst du müsstest das einsehen, oder?"

„Ich bin doch kein Trottel." Er verdrehte die Augen. „Sobald ich wieder in Washington bin, rufe ich einen Anwalt an."

„Gut." Ein wenig besänftigt, wenn auch nicht wirklich erleichtert, atmete sie tief durch. „Wann fliegst du?"

„Du verlierst keine Zeit, oder?" Schon wieder lächelte er. „In Las Vegas warst du zugänglicher."

Eigentlich hätte sie sich gerne gesetzt, da ihre Knie weich wie Wackelpudding waren, jedoch hielt sie es besser, auf Abstand zu ihm zu bleiben. Um nicht allzu zickig zu klingen, bemühte sie sich um einen leichten Tonfall. „Cameron, du bist ganz sicher ein netter Kerl, aber die Situation überfordert mich ein wenig. Es wäre das Beste, wenn wir einfach den Anwalt anrufen und die ganze Angelegenheit so schnell wie möglich vergessen würden.“

„Zwischen Weihnachten und Neujahr kann man sowieso nicht viel machen. Außerdem habe ich keine Lust auf Schnee und Eis, also bleibe ich ein paar Tage hier ...“

„Aber du bist ein absolut Fremder für mich!“

„Nun ja ...“ Seine Augenbraue wanderte in die Höhe. „Eigentlich sind wir ein Ehepaar.“

„Mach dich nicht lächerlich“, brauste sie auf. „Im Kindergarten spielen die Kleinen auch immer Hochzeit, doch das heißt noch lange nicht, dass sie auch verheiratet sind!“

„Wenn sie volljährig sind und sich in Las Vegas trauen lassen, sind sie das.“

„Gib es doch zu – du nimmst diese *Ehe* auch nicht ernst!“

Seufzend erhob er sich. „Ich will doch nur meinen Resturlaub hier verbringen. Du kriegst schon deine Scheidung oder Annullierung oder was auch immer.“

Kategorisch schüttelte sie den Kopf. „Du wohnst nicht bei mir!“

„Dann nehme ich mir ein Hotelzimmer.“ Er zuckte mit der Schulter.

Cassidy schluckte und hob das Kinn. „In Hailsboro gibt es keine Hotels.“

Stirnrunzelnd legte er den Kopf zur Seite und trat direkt auf sie zu. „Wirklich?“

„Ja.“ Sie nickte hektisch.

Seine Mundwinkel kräuselten sich, während diese verflixten Grübchen wieder erschienen. „Dann ist es aber sehr komisch, dass ich schon längst ein Zimmer in einem Hotel hier habe.“

Ihre Schultern sackten hinab. „Kannst du nicht einfach wieder fahren? Ich möchte nicht, dass irgendjemand erfährt, dass ... dass ...“

„Dass du einen Mann hast und von Elvis getraut wurdest?“ Cameron übertönte sein Lachen mit einem Husten. „Dann solltest du froh sein, dass niemand unser Hochzeitsfoto kennt.“

Mit weit aufgerissenen Augen musterte sie ihn. „Welches Foto?“

„Nichts für ungut.“ Er beugte sich hinunter und gab ihr zu ihrem Entsetzen einen Kuss auf die Wange, bevor er die Küche verließ.

Nach einer Schreckminute folgte sie ihm und holte ihn an der Haustür ein, durch die er gerade gehen wollte.

„Warte, Cameron! Was tust du jetzt?“

Während er in seine Jacke schlüpfte, stieg Cassidy von einem Bein auf das andere. „Ich besorge mir etwas zu essen und lege mich dann aufs Ohr.“

„Aber ... aber ...“

„Raus mit der Sprache.“ Er sah sie auffordernd an. „So nervös kenne ich dich gar nicht.“

„Wir kennen uns auch gar nicht“, widersprach sie ruhig. „Kannst du mir versprechen, niemandem zu sagen, wer du bist?“

„Wenn du willst.“ Hilflos hob er seine Hände. „Mal abgesehen davon, dass ich nicht weiß, wem ich das hätte erzählen sollen.“

„Es ist wichtig.“

„Cassidy, werde erwachsen.“

Normalerweise hätte sein Spruch sie wütend gemacht, doch angesichts seines belustigten Tones konnte sie nichts anderes tun, als zu seufzen.

„Wir sehen uns ...“

Zögernd hielt sie ihn zurück. „Cameron?“

„Langsam habe ich den Eindruck, dass du mich gar nicht gehen lassen willst.“

Sie ignorierte seine Worte. „Darf ich dir eine Frage stellen?“

„Aber sicher.“ Cameron kramte in seiner Jackentasche herum.

„Warum hast du mich geheiratet?“

Einen langen Moment fixierten seine dunklen Augen ihre, bevor er mit belegter Stimme und einem Schulterzucken entgegnete: „Das ist jetzt doch völlig egal.“

4. Kapitel

28. Dezember

Die Bäckerei verströmte den gleichen Geruch, der Cassidy immer in die Nase stieg, wenn sie das einladende Geschäft betrat, in dem sich täglich die weibliche Bevölkerung von Hailsboro traf, um sich mit köstlichem Gebäck vollzustopfen und gleichzeitig über diejenigen abzulästern, die nicht anwesend waren. Wären die wirklich vorzüglichen Gebäckstücke und Kuchen nicht gewesen, die man hier kaufen konnte, hätte Cassidy es sich dreimal überlegt, die Bäckerei zu betreten, da niemand vor den spitzen Zungen der älteren Damen gefeit war, die auf allen verfügbaren Stühlen hockten und jedem Diabetologen die Tränen in die Augen trieben, wenn man bedachte, wie viel Zucker hier konsumiert wurde.

Heute war es nicht anders, doch es bestand ein entscheidender Unterschied zu einem normalen Tag, an dem Cassidy die Bäckerei betrat, um ihrer Großmutter

Hallo zu sagen, die fast ihre ganze Freizeit hier verbrachte, und um ein paar Kekse zu kaufen. Inmitten der alten Damen saß niemand Geringeres als ihr *Ehemann*, der wie ein braver Chorknabe auf seinem Stuhl thronte, mit einem freundlichen Lächeln ausgerechnet ihrer Großmutter lauschte und von allen anwesenden Ladys angeschmachtet wurde. Selbst ihre Großmutter, die vermutlich seit dem letzten Jahrtausend nicht ein einziges warmherziges Lächeln über die Lippen gebracht hatte, strahlte ihn mit rosigen Wangen verzückt an.

Cassidy blieb mitten im Schritt stehen und merkte, wie ihr Puls zu rasen begann, während sich ein paar Köpfe zu ihr herumdrehten, bevor sie sich rasch wieder dem Objekt ihrer Begierde zuwandten, der in einem lässigen Pulli bekleidet an einem mit Schokolade überzogenen Croissant knabberte.

Die kichernde Stimme ihrer Großmutter ließ ihr die Kinnlade nach unten klappen. Seit wann kicherte ihre Großmutter? Ihr ganzes Leben lang hatte Cassidy nicht ein Mal miterlebt, wie ihre Großmutter einen anderen Ton als den eines Feldwebels angeschlagen hatte.

„Cameron, Sie sind ein richtiger Spaßvogel. Woher haben Sie nur immer diese Witze?“

Von ihrem Platz an der Tür konnte sie beobachten, wie der blondhaarige Mann seine Grübchen einsetzte, um der Damenwelt ein kollektives Seufzen zu entlocken, während diese von dem vielen Zucker in Verbindung mit Testosteron vermutlich völlig benebelt war. In dem Zustand, in dem sich die älteren Frauen gerade befanden, hätte man ihnen sogar Staubsaugerbeutel fürs Aquarium verkaufen können.

„Aber, meine Damen“, säuselte er los und erntete das Kichern eines halben Dutzend Frauen, die allesamt seine Großmütter hätten sein können – oder im Falle von Mrs. Simmons sogar seine Urgroßmutter.

Was für ein Schleimer.

Bevor sie unauffällig wieder verschwinden konnte, hatte ihre Großmutter sie entdeckt und winkte ekstatisch. „Cassidy! Schätzchen, komm her und stell dich unserem Gast vor. Cameron, Sie müssen meine Enkelin unbedingt kennenlernen.“

Der Wunsch, dass sich unter ihr die Hölle auftun würde, wurde unermesslich groß, während ihre Augen seinen Blick suchten und mit Mord und Totschlag drohten, sollte er auch nur einen Pieps von sich geben. Resolut trat sie daher an den Tisch, hielt ihm die Hand hin und tat so, als hätte sie keine Ahnung, wer er war oder was er hier zu suchen hatte. Gleichzeitig betete sie zum Himmel, dass niemand ihr ansah, dass sie ausgerechnet in diesem Moment daran dachte, wie verführerisch sein nackter Rücken ausgesehen hatte.

„Cameron, das ist meine Enkelin Cassidy“, flötete ihre Großmutter in dem nicht zu übersehenden Bemühen, ihre noch ledige Enkeltochter an den Fremden zu verkuppeln, der gerade erst in der Stadt angekommen war.

Seine Augen zwinkerten ihr zu, doch sie ignorierte jegliches Erkennen und behielt die Miene einer Internatsaufseherin bei.

„Cameron ist gestern in unsere schöne Stadt gekommen“, erklärte Mrs. Simmons verzückt.

Auch die Besitzerin der Bäckerei seufzte wie ein junges Mädchen. „Er sagt, dass meine Croissants die besten sind, die er jemals gegessen hat.“

„Nicht nur die Croissants, Mrs. Hammond“, entgegnete er zuvorkommend. „Für Ihre Apfeltaschen würde ich glatt einen Mord begehen.“

„Sie sollen mich doch Bessie nennen, mein Junge“, erklärte die weißhaarige Bäckerin begütigend und sah aus, als würde sie Cameron gleich wie einem Baby in die Wangen kneifen.

Die furchtbar neugierige Hatty schaute Cassidy ins Gesicht und erzählte, als würde sie ihr ein riesiges Geheimnis verraten: „Sein Nachname ist Kennedy. Sieht er nicht wie JFK aus?“

Sie fand, dass er wie ein scheinheiliger Schleimer aussah, hielt sich jedoch zurück und rümpfte lediglich die Nase.

„Cassidy, um Himmels willen“, meckerte ihre Großmutter plötzlich im gewohnten Ton los. „Steh da nicht so rum und halt dich gerade!“

Selbstverständlich musste die Freundin ihrer Großmutter sofort ihren Senf dazugeben. „Deine Grandma hat recht. Sich gerade zu halten, ist als Frau besonders wichtig, sonst kannst du deinen Busen nicht vorteilhaft genug präsentieren.“

„Und lächle, sonst denkt man noch, dass du schlechte Zähne hast“, fügte ihre Großmutter wenig hilfreich hinzu.

„Kein Mann möchte eine Frau mit schlechten Zähnen haben.“

„Vor allem niemand, der wie John F. Kennedy aussieht.“

„Genau.“ Die etwas schüchterne Helen faltete die Hände im Schoß. „Jackie O. war die schönste Frau ihrer Zeit. Sie besaß eine absolut natürliche Grazie. Und wunderschöne Zähne.“

„Sie war auch die einzige Frau, der das Rauchen gestanden hat.“

„Sind Sie mit den Kennedys verwandt, Cameron?“

„Wissen Sie, ob JFK wirklich eine Affäre mit Marilyn Monroe hatte?

„Oh ja, das möchte ich auch wissen.“

„Wenn ein Mann Jackie O. verschmäht, um eine Affäre mit einer Blondine zu haben, muss er ernste Probleme haben.“

„Zurück zu dir, junge Dame.“ Herrisch nickte Cassidys Großmutter. „Setz dich und sei höflich.“

Selbst mit achtundzwanzig Jahren, die sie beinahe alle in dieser verrückten Stadt verbracht hatte, rauchte ihr noch immer der Kopf, wenn die Tratschdamen einmal loslegten. Verwirrt und beschämt zugleich murmelte sie: „Grandma, ich bin doch kein Pferd, das du an den Meistbietenden loswerden musst.“

Ihre Großmutter war keinesfalls zu bremsen, sondern deutete auf den freien Stuhl. „Du scheinst dir nur mäßig Mühe damit zu geben, einen Mann zu finden, also muss ich das wohl für dich übernehmen.“

Cassidy hätte ihrer biestigen Grandma nur allzu gerne eine der köstlichen Plundertaschen an den Kopf geworfen, um sie davon abzuhalten, sie weiterhin in Verlegenheit zu bringen, und um sie ein bisschen dafür zu bestrafen, dass sie ihre Enkelin gerade bis auf die Knochen blamierte. Stattdessen umklammerte sie ihre Handtasche und ignorierte die scheinheilige Miene des einzigen Mannes inmitten dieses Hühnerhaufens.

„Ich habe gar keine Zeit, Grandma, schließlich wollte ich heute deine Wäsche machen ...“

„Seitdem dein Großvater, dieser untreue Hund, ausgezogen ist, fällt kaum noch etwas an.“ Geradezu gnädig schob sie ihr den Stuhl zu. „Das hier ist viel wichtiger.“

Keine der älteren Damen hätte jemals einen Preis für Unaufdringlichkeit und Unauffälligkeit erhalten, das war sicher. Es war allen an der Nasenspitze anzusehen, dass sie Cassidy mit dem fremden Mann, der selig auf einem Krokantplätzchen herumkaute und das Geschehen mit belustigter Neugierde verfolgte, verkuppeln wollte.

Da ihr nichts anderes übrig blieb, ließ sie sich auf den Stuhl sinken und bemerkte die erwartungsvollen Blicke der Frauen, die nichts Besseres zu tun hatten, als sie in den Wahnsinn zu treiben.

„Cameron hat gesagt, dass er Hailsboro so wunderbar idyllisch findet und deshalb für ein paar Tage hierbleiben wird“, informierte ihre Großmutter sie allwissend. „Ist das nicht nett?“

„Sehr nett“, ächzte sie und hätte ihn vermutlich unter dem Tisch getreten, wenn sie nicht Gefahr gelaufen wäre, die zur Arthrose neigende Helen zu treffen.

„Er ist einunddreißig Jahre alt, lebt in Washington und kommt eigentlich aus Minnesota.“

Verwirrt legte Cassidy den Kopf zurück.

„Minnesota? Ich dachte aus Missouri“, entgegnete sie, bevor sie nachdenken konnte, und sah sich augenblicklich den fragenden Gesichtern der Frauen gegenüber.

„Was meinst du, Cassidy? Du kennst ihn doch nicht einmal.“

„Ja? Wieso kommst du auf den Gedanken, dass er aus Missouri kommt?“

Stotternd zuckte sie mit der Schulter. „Er ... er sieht wie jemand aus, der ... der aus Missouri kommt. Findet ihr nicht?“

„Er sieht wie JFK aus, und der kam aus Massachusetts“, ließ sich Hatty vernehmen. „Sei nicht töricht. Cameron sieht ganz und gar nicht wie jemand aus, der aus Missouri kommt.“

Überraschenderweise kam ihre Schützenhilfe ausgerechnet von Cameron selbst, der geduldig und gleichzeitig ausgesprochen fröhlich verkündete: „Meine Damen, leider bin ich nicht mit JFK verwandt. Aber wenn Ihre Enkelin mich für jemanden aus Missouri hält, Alma, liegt sie zur Hälfte richtig, da mein Dad von dort stammt.“

„Ich schwärme für Männer aus Missouri."

„Nenn mir nur einen, Helen", schnaubte Hatty wie ein Walross, das wütend darüber war, keinen Nachtisch bekommen zu haben.

Die sehr viel schüchternere Helen öffnete den Mund, blinzelte und murmelte: „Charles Lindbergh."

„Charles Lindbergh?" Vor lauter Entrüstung spie Cassidys Großmutter beinahe ihren Kuchen wieder aus. „Der war ein Nazi!"

„Außerdem hatte er Glubschaugen."

„Was ... was ist mit Don Johnson? Der kommt auch aus Missouri."

„Und er war zwei Mal mit der gleichen Frau verheiratet und muss allein deshalb schon einen Dachschaden haben."

Cassidy verdrehte die Augen und rutschte ungeduldig auf ihrem Stuhl hin und her, weil es sie nervös machte, Cameron so nah bei sich zu wissen und gleichzeitig den wahnsinnigen Ausführungen der durchgeknallten Frauen von Hailsboro zu lauschen.

„Grandma", unterbrach sie das Geschwafel ihrer Großmutter über berühmte Männer mit Dachschäden.

„Ich habe wirklich nicht viel Zeit und muss noch in den Supermarkt ...“

Leider ließ ihre Großmutter sie nicht einmal ausreden. „Was würdest du davon halten, wenn dich Cameron auf die Silvester-Party der Stadt begleiten würde?“

„Grandma“, tadelte sie erschrocken und schielte zu Cameron, der sich ein Lachen nur mühsam zu verkneifen schien. „Könntest du bitte damit aufhören?“

„Papperlapapp. Ich verschaffe dir gerade eine vernünftige Verabredung.“

Das Einzige, was sie ihr verschaffte, war ein Nervenzusammenbruch oder der Grund für einen Mord.

„Cameron, was halten Sie von der Idee?“

„Nun“, begann er leichthin und trommelte mit seinen Fingern auf der Tischplatte herum. „Natürlich begleite ich Ihre Enkelin gerne, wenn sie das denn nun möchte.“ Mit einem arglosen Blick in ihre Richtung hob er entschuldigend eine Hand. „Es tut mir sehr leid, aber ich habe Ihren Namen völlig vergessen.“

„Cassidy“, knirschte sie durch die Zähne und musste sich beherrschen, ihn nicht vernichtend anzusehen.

„Nun, Cassidy. Wir haben ein Date, wenn Sie das möchten."

Sie hätte nichts lieber getan, als ihm zu sagen, was sie davon hielt, dass er sich an ihre Großmutter wandte und sie in den Wahnsinn trieb, stattdessen blieb ihr nichts anderes übrig, als gute Miene zum bösen Spiel zu machen. Über kurz oder lang wäre er aus Hailsboro und damit aus ihrem Leben verschwunden und würde nicht länger ihr unbekannter Ehemann sein, sondern einfach nur eine unangenehme Erinnerung an einen Alkoholexzess in Las Vegas.

„Wenn Sie sich das antun möchten, haben wir ein Date", erwiderte sie daher zuckersüß. „Aber ich warne Sie: Für Menschen aus der Stadt müssen unsere Feste sterbenslangweilig sein."

„Ganz im Gegenteil. Ich finde es ausgesprochen harmonisch hier." Er lehnte sich zurück. „In Washington könnte ich sicherlich nicht in eine Bäckerei gehen, um dort einen so vergnüglichen Nachmittag zu verbringen."

Selbstverständlich erntete er ein erneutes Kichern seiner weiblichen Fans, was Cassidy ein weiteres Mal die Augen verdrehen ließ. Um sich nicht länger diesem

Spießrutenlauf auszusetzen, schnappte sie sich abrupt ihre Tasche und sprang beinahe aus ihrem Stuhl auf.

„Grandma, ich komme später bei dir vorbei. Jetzt muss ich wieder los."

„Aber Cassidy! So benimmt man sich nicht!"

Nun, man verschacherte seine Enkelin auch nicht an irgendeinen Typen, nur weil dieser angeblich einem ehemaligen Präsidenten ähnelte und mit scheinheiliger Liebenswürdigkeit Kuchenstücke lobte, daher traf der Tadel ihrer Großmutter sie nicht wirklich.

Mit einer gemurmelten Entschuldigung verließ sie eilig die Bäckerei und hatte nicht einmal die Straße überquert, als Cameron sie einholte.

„Jetzt warte doch mal, Cassidy. Himmel, trainierst du für einen Marathon?"

Stirnrunzelnd drehte sie sich zu ihm um und schüttelte die Hand ab, mit der er nach ihrer gegriffen hatte. Aufgebracht verschränkte sie die Arme vor der Brust und trat einen Schritt zurück, um ihm nicht allzu nah zu sein.

„Was sollte diese ganze Aktion?"

Lässig zuckte er mit der Schulter. „Hattest du nicht gesagt, dass niemand wissen soll, dass wir uns kennen?"

„Du weißt genau, was ich meine! Wieso schmeißt du dich an meine Großmutter heran und tust so, als wärst du ihr bester Freund?"

Eine Augenbraue fuhr in die Höhe, während seine Stimme nach einem Prusten klang. „Ich hatte Hunger und bin in die Bäckerei gegangen, in der ich von den Damen geradezu überwältigt wurde. Dass sich deine Großmutter unter ihnen verbirgt, konnte ich doch nicht ahnen."

„Cameron ..."

„Abgesehen davon verstehe ich mittlerweile, was du in Las Vegas meintest."

Entnervt stieß sie den Atem aus. „Was meinte ich denn?"

„Stimmt ... Du kannst dich ja nicht erinnern."

Cassidy verengte die Augen, als sie seinen leicht ironischen Ton bemerkte. „Könntest du vielleicht Klartext sprechen?"

Er deutete eine Verbeugung an. „Bisher bin ich davon ausgegangen, dass du maßlos übertrieben hast, als du davon berichtet hast, wie sehr deine Großmutter dir damit auf den Geist geht, dass du noch unverheiratet bist."

„Ach? Und jetzt glaubst du mir?"

„Nachdem sie mir seit fast drei Stunden anpreist, wie hübsch, klug und tüchtig ihre Enkeltochter doch sei, um mich gleich darauf nach meinem Beziehungsstatus zu fragen, ist mir klar, was du zu hören bekommst."

Seufzend ließ sie die Schultern sinken. „Hör zu, Cameron. Ich wäre dir sehr dankbar, wenn du die Bäckerei meiden könntest, solange du hier bist." Hoffnungsvoll sah sie ihn an. „Du könntest natürlich auch deine Rückreise antreten."

„Und deine Großmutter enttäuschen, indem ich dich an unserem Date versetze? Niemals."

Automatisch zog sie die Nase kraus. „Bevor du und ich zusammen auf diese Party gehen, bin ich lieber krank."

Er gluckste. „Deine Großmutter würde dich vermutlich sogar vom Sterbebett zerren, damit du auf diese Silvester-Party gehst."

„Für dich mag das alles komisch sein, Cameron, aber für mich ist es das nicht."

Dass er die Augen verdrehte, regte sie noch mehr auf.

„Cassidy, entspann dich."

„Das kann ich nicht, solange du Gefahr läufst, meiner schrecklich neugierigen und übergriffigen Großmutter zu verraten, dass wir in Las Vegas geheiratet haben. Könntest du dich bitte einfach in dein Auto setzen und fahren?"

Er schüttelte den Kopf. „Du bist ein erwachsener Mensch und führst dich dennoch wie ein Schulkind auf, das Angst hat, dass seine Eltern herausfinden, dass es einen Test verhauen hat."

„Eine leichtfertige Eheschließung ist sicherlich nicht mit einem Schultest zu vergleichen, Cameron."

„Aber es ist auch nicht das Ende der Welt."

„Du hast doch meine Großmutter gesehen!" Aufgebracht deutete sie über die Straße. „Sie hat Haare auf den Zähnen und kann furchtbar penetrant sein. Was denkst du, was sie sagen würde?"

Cameron zuckte mit der Schulter. „Na und? Lass sie doch reden. Das tut sie jetzt schließlich auch schon."

„Was soll das denn heißen?“ Misstrauisch musterte sie seine Miene und war erstaunt, wie ernst er plötzlich war. Zwar konnte sie nicht behaupten, dass sie ihn gut kannte oder dass sie ihn überhaupt kannte, aber bislang war er eher durch seine permanent gute Laune aufgefallen.

„Mal ehrlich, Cassidy. Deine Grandma scheint eine resolute Lady zu sein, aber die Frage, die mir durch den Kopf geistert, ist, warum du dir so viel gefallen lässt.“

Augenblicklich schoss brennende Hitze in ihre Wangen, während sie den Mund aufmachte, um sich wütend zu verteidigen. „Was fällt dir ein?“

Er nickte vehement. „Anstatt dich von ihr wie ein Suppenhuhn anpreisen zu lassen, das an den Meistbietenden verkauft werden soll, hättest du auch einfach sagen können, dass sie den Mund halten soll. Ich habe doch genau gesehen, wie peinlich es dir war.“

„Das“, zischte sie ihm zu, „geht dich gar nichts an. Sie ist meine Großmutter.“

„Cassidy ...“

„Ich weiß überhaupt nicht, warum du dich einmischst!“

Ironisch rümpfte er die Nase. „Vielleicht weil ich so tun muss, als wäre ich ein Durchreisender, obwohl ich dein Mann bin?“

Cassidy holte tief Luft, sah sich verschreckt um und stieß den Atem aus, als sie sah, dass niemand in ihrer Nähe stand, der hätte hören können, worüber sie sich unterhielten.

„Hör mit dieser Ehe-Farce auf, Cameron. Ich fühle mich genauso verheiratet wie der Papst.“

Das Lächeln, das sich auf seinem Gesicht Bahn brach, machte sie urplötzlich kurzatmig und ließ ihre Knie weich werden. Geradezu hypnotisch starrte sie auf seine Grübchen und musste ein Zittern unterdrücken, als er in hemmungsloser Offenheit erklärte: „Das kommt nur daher, dass du dich nicht mehr an unsere Hochzeitsnacht erinnern kannst.“

Vor ihren Augen fuhr auf einmal ein Film ab, in welchem sie ihn auf ein riesiges Hotelbett schubste, sich über seinen Hüften niederließ und ihm die Arme um den Hals schlang, um ihn zu küssen, während er ein heiseres Lachen ausstieß.

Rasch schüttelte sie die Bilder vor ihren Augen ab und fragte sich einen kurzen Moment, ob ihre Fantasie ihr einen Streich spielte oder ob dies tatsächlich passiert war.

Da er sie immer noch anstarrte und mit seinen Grübchen betören wollte, senkte sie den Blick, um sich abzulenken. „Bevor du über die guten alten Zeiten zu sprechen beginnst, sollten wir uns darauf einigen, dass wir uns aus dem Weg gehen, wenn du schon darauf beharrst, ein paar Tage hierzubleiben."

„Keine Gespräche mehr über unsere Hochzeitsnacht?"

„Nein!"

Er klang enttäuscht. „Da entgeht dir aber etwas."

„Mir egal", erwiderte Cassidy ruppig. „Und denk bitte daran, dass ich nicht möchte, dass die ganze Stadt über unser ... unser Las-Vegas-Erlebnis Bescheid weiß. Vor allem nicht meine Grandma!"

„Deine Grandma wäre entzückt, immerhin sehe ich aus wie JFK."

Nun hob sie wieder den Blick und musterte ihn kritisch. „Meine Grandma wäre am Boden zerstört, wenn ihre Enkelin den JFK-Doppelgänger in die Wüste schickt, also belassen wir es doch lieber bei unserem Plan."

Auch wenn seine Miene Bände sprach, entgegnete er nichts mehr.

„Gut." Cassidy nickte zufrieden.

„Dann wünsche ich dir viel Spaß im Supermarkt. Du entschuldigst mich? Es warten ofenfrische Scones auf mich."

Vor lauter Entsetzen, dass er zurück in die Bäckerei gehen könnte, zuckte sie zusammen. „Cameron ..."

„Ach, Cassidy?" Seine Augen glitten von ihren Füßen über ihren ganzen Körper und hefteten sich schließlich auf ihren Mund. „Auch wenn du dich an nichts mehr erinnern kannst, erinnere ich mich an alles."

5. Kapitel

29. Dezember

Zu den Aufgaben einer braven Enkelin gehörte es nicht nur, ihrer zickigen Großmutter bei der Wäsche zu helfen, sondern auch, seinen angetrunkenen Großvater aus dem Pub abzuholen und nach Hause zu bringen, wenn man abends einen dementsprechenden Anruf bekam und eigentlich schon im Pyjama auf der Couch saß, um dort einen kitschigen Film zu sehen und ein Kilo Chips zu verdrücken.

Cassidy war sich ziemlich sicher, dass es nur Ärger gäbe, wenn sie ihren Großvater allein nach Hause wanken bzw. seinen Rollator nach Hause schieben ließe, weil das mit größter Bestimmtheit ihre Großmutter auf den Plan gerufen hätte, der es sowieso ein Dorn im Auge war, dass ihr untreuer Noch-Ehemann im Gartenhäuschen wohnte. Also blieb ihr nichts anderes übrig, als sich einen Mantel über ihren rosafarbenen Pyjama zu ziehen und ihrem Großvater, der ins Telefon lallte, einzuschärfen, dass er vor dem Pub auf sie warten sollte.

Doch kaum war sie mit ihrem Auto vor den Pub gefahren, stand weder ihr Grandpa noch der Rollator in Sichtweite, was ihr sagte, dass sie aussteigen und ihn eigenhändig aus der Kneipe holen musste.

Mit einem Fluch auf den Lippen schlug sie die Autotür zu und band den langen Mantel zu, bevor sie über die menschenleere Straße lief und den Pub betrat, aus dem ihr nicht nur ein Schwall Biergeruch, sondern auch lautstarkes Gegröle entgegenschlug.

Nicht sehr erbaut darüber, dass sie dieses typische Männerterrain in ihrem gepunkteten Pyjama betreten und angesichts der Rauchschwaden husten musste, warf sie dem Besitzer und Barkeeper Ted einen fragenden Blick zu. Dieser trocknete gerade einige Biergläser ab und zeigte nach rechts, nachdem er ihre Hosenbeine eingehend gemustert hatte, die unter dem Saum ihres Mantels hervorschauten. Cassidy folgte seinem Blick und entdeckte ihren Großvater, der zusammen mit dem Bürgermeister und Highschoolfootballcoach Hugh an der Wand saß und wie ein Häufchen Elend wirkte.

Seufzend lief sie durch den Gastraum und blieb vor dem Tisch der beiden stehen, der voll von leeren Gläsern war. Wie es schien, hatte ihr Großvater ordentlich gebechert.

„Hallo, Grandpa“, begrüßte sie ihn mit geduldiger Stimme. „Bist du so weit? Dann kann ich dich nach Hause bringen.“

Hugh verzog den Mund und schüttelte unmerklich den Kopf, während ihr zum ersten Mal klar wurde, dass der dunkelhaarige Hugh einen Arm um die knöcherige Schulter ihres weißhaarigen Großvaters gelegt hatte, als müsse er ihn trösten.

„Ich komme nicht mit“, jammerte ihr Großvater erstickt und schien kurz vor einer Heulattacke zu stehen. „Ich bleibe hier.“

Einen widerspenstigen Großvater im alkoholisierten Zustand dazu zu bringen, sich von ihr in sein derzeitiges Zuhause fahren zu lassen, gehörte nicht zu ihrem bevorzugten Abendprogramm.

„Grandpa“, murmelte sie tröstend und stieg von einem auf das andere Bein.

Ein betrunkenes Lallen war die Antwort. „Doch, ich bleibe hier.“

Sehr vernünftig erklärte sie: „Ted möchte auch irgendwann Feierabend machen und den Pub schließen. Du kannst hier ja nicht schlafen.“

Mit Hugh tauschte sie einen besorgten Blick. Dieser klopfte ihm auf den Rücken. „Alles wird wieder gut.“

„Nein“, beharrte ihr Großvater. „Alma hasst mich. Wenn sie könnte, würde ... würde sie mich mit dem Auto überfahren.“

Da hatte er leider gar nicht so unrecht, dennoch schüttelte sie den Kopf und spielte ungelenk mit dem Gürtel ihres Mantels herum. „Das stimmt doch nicht, Grandpa.“

„Ich habe alles kaputtgemacht. Aber ... aber Laura ...“

Vor lauter Entsetzen wurde ihr ganz schlecht. Sollte ihr Großvater nun wirklich anfangen, über seine Affäre mit Laura Greenfield zu sprechen, würde sie auf der Stelle ohnmächtig werden, das schwor sie sich.

„Kopf hoch, Rupert“, ertönte hinter ihr eine fröhliche Stimme. „Hier! Trink einen Schluck Wasser.“

Sprachlos drehte sie den Kopf ein Stück und beobachtete Cameron, der drei Gläser Wasser auf den Tisch stellte und sich neben ihren Großvater platzierte, um diesem auf die Schulter zu klopfen. Dabei nickte er ihr zu, als wäre es völlig normal, dass er zusammen mit dem Bürgermeister der Stadt und ihrem betrunkenen Großvater im Pub anzutreffen war.

„Hallo, Cassidy. Wolltest du Rupert abholen?“

Rupert?

Ihr fehlten für einen Moment die Worte, doch bevor sie darüber nachdenken konnte, was Cameron mit ihrem Großvater zu tun hatte, jammerte dieser: „Ich will kein Wasser, sondern ein Bier, Cameron.“

„Trink dein Wasser“, beschied Cameron gutmütig. „Du wirst sowieso morgen einen höllischen Kater haben.“ Sein Blick suchte ihren. „Wie deine Enkeltochter.“

„Welche Enkeltochter?“, lallte ihr Großvater verwirrt und schaute Cameron mit glasigen Augen an.

„Nichts, Grandpa“, beteuerte Cassidy hastig und trat direkt neben Cameron, um diesem unauffällig den Ellbogen in die Seite zu rammen.

Sein leises Stöhnen war wie Ambrosia, doch ein Blick in das neugierige und verstehende Gesicht von Hugh verdarb ihr jeglichen Spaß. Einen Moment fragte sie sich, ob Cameron vor Hugh und ihrem Grandpa irgendetwas zu ihrer spontanen Eheschließung hatte verlauten lassen, doch eine weinerliche Stimme lenkte sie ab.

„Deine Großmutter wird mich niemals zurücknehmen. Sie hasst mich. Ich habe alles falsch gemacht.“

Obwohl ihr Großvater ganz sicherlich Fehler gemacht hatte, machte er einen solch traurigen Anblick, dass sie sofort Mitleid für ihn empfand. Seufzend legte sie den Kopf schief und erklärte weich: „Warte einfach etwas ab, Grandpa.“

„Abwarten?“ Er schniefte. „Wie soll ich abwarten? Ich bin uralt und könnte jeden Moment sterben.“

„Mit achtundsiebzig Jahren ist man doch nicht alt“, wiegelte sie ab.

„Aber ich bin allein.“

Da er betrunken war und etwas wirr wirkte, hielt sie ihm nicht vor, dass er derjenige gewesen war, der die Scheidung eingereicht hatte.

„Du bist doch nicht allein“, widersprach Cassidy beinahe automatisch.

„Doch“, erwiderte er unglücklich. „Niemand hat mit mir Weihnachten gefeiert. Die ganze Familie steht hinter deiner Großmutter. Um mich kümmert sich niemand. Allen ist es egal, dass ich im Gartenhaus wohne.“

„Natürlich ist es uns nicht egal“, erklärte sie ein wenig hilflos.

Seine Stimme zitterte. „Wie soll ich ohne deine Großmutter klarkommen?“

Romantisch klang es nicht wirklich, überlegte sie verzagt.

„Sie spricht nicht einmal mit mir.“

Cassidy rümpfte die Nase und entgegnete ruhig: „Grandma würde dich sicherlich anhören wollen, wenn du aufhörst, Laura Blumen und Pralinen zu schicken.“

Erst einmal sagte er nichts, doch dann mischte sich zu allem Überfluss auch noch Cameron ein.

„Rupert, wir haben doch darüber gesprochen, dass du Alma zeigen sollst, dass es dir ernst ist.“

Ungläubig schaute Cassidy von Hugh, der vehement nickte, über ihren Großvater, der zugegebenermaßen eine jämmerliche Figur abgab, zu Cameron, der ein Gesicht wie ein Paartherapeut machte. Als der weißhaarige Mann mit den feuchten Augen eine Schnute zog und sich an sie wandte, zuckte sie unmerklich zusammen.

„Ich wollte deine Großmutter nicht betrügen, Cassidy. Das glaubst du mir, oder?“

„Natürlich“, beteuerte sie. „Können wir jetzt fahren, Grandpa?“

Es war, als hätte er sie gar nicht gehört. „Sie war nur immer so verschlossen. Seit Jahren haben wir nicht mehr miteinander geschlafen, obwohl Dr. Ferguson mir diese blauen Pillen ...“

„Okay, es ist wirklich Zeit, dass ich dich nach Hause bringe“, unterbrach sie ihn aufgeschreckt und etwas zu laut. „Wo ist dein Rollator?“

„Ich will nicht nach Hause.“

„Hier kannst du nicht bleiben.“ Resolut stieß sie Cameron an. „Wo ist sein Rollator?“

„Ich hole ihn“, bot Hugh an und erhob sich schwankend.

„Grandpa“, bat sie ihren Großvater gestresst. „Es ist spät und du musst ins Bett. Sei bitte vernünftig.“

„Ich liebe deine Großmutter.“

„Dann solltest du es ihr sagen.“ Angesichts der vielen ebenfalls angetrunkenen Männer, die im Pub verstreut saßen und der Unterhaltung lauschten, während Cassidy ihren Pyjama trug und sich darum bemühte, ihren Großvater dazu zu bewegen, nach Hause zu gehen, erklärte sie: „Wir ziehen viel zu viel Aufmerksamkeit auf uns, Grandpa. Komm, ich fahre dich.“

„Ja, Rupert. Cassidy bringt dich nach Hause.“

Obwohl sie Camerons Einmischung nicht gerade toll fand, sagte sie nichts, da er ihr dabei helfen konnte, ihren Großvater ins Auto zu verfrachten.

„Aber ich will nicht im Gartenhäuschen schlafen. Ich will wieder bei meiner Frau schlafen.“

Ihr Großvater gab dem Begriff Altersstarrsinn eine völlig neue Bedeutung. Sie wollte ihm nicht sagen, dass ihre Großmutter bereits jetzt nur schwer davon abzuhalten war, ihrem Mann mit dem Schrotgewehr aufzulauern, wenn der durch den Garten lief, um seinen derzeitigen Wohnsitz anzusteuern. Sollte er sich ins Haus oder gar ins Schlafzimmer wagen, konnte es gut möglich sein, dass es ein Blutbad gab.

„Eins nach dem anderen, Rupert. Du musst Alma wieder zurückgewinnen, aber das geht nicht über Nacht."

„Ich sollte mit ihr reden. Jetzt gleich", nuschelte er.

„Auf keinen Fall. Du legst dich gleich ins Bett und schläfst deinen Rausch aus", beschied Cassidy.

„Das Gartenhäuschen ist so ungastlich und kalt."

„Dann schläfst du bei mir", erwiderte sie zu ihrer eigenen Verwunderung.

„Wirklich?" Strahlend sah er auf.

Sie nickte verhalten. „Ja, Grandpa. Du kannst erst einmal bei mir wohnen. Etwas Abstand tut euch vielleicht sogar gut."

„Deine Großmutter ..." Er begann zu schluchzen. „Sie wird mir nie verzeihen."

Cameron seufzte mitfühlend. „Doch, das wird sie, Rupert."

Obwohl ihr Großvater weiter lamentierte, ließ Cameron ihn gar nicht richtig zu Wort kommen, sondern klopfte ihm begütigend auf den Rücken und schaffte es, den älteren Mann zum Aufstehen zu bewegen, als Hugh den Rollator an den Tisch schob. Schwer stützte sich der betrunkene Rupert auf seinen Rollator und schob diesen über lauten Jammerklagen aus dem Pub, während Cassidy vor ihm her lief und irritierte Blicke nach hinten warf, da Cameron ihnen wie selbstverständlich folgte.

Als er dann auch noch mit zum Auto lief und ihren Kofferraumdeckel öffnete, verschränkte sie die Arme vor der Brust. „Was wird das, wenn es fertig ist?“

Er schnitt eine Grimasse. „Ich stelle Ruperts Rollator in deinen Kofferraum, damit du ihn nicht heben musst.“

„Oh.“ Ein wenig beschämt trat Cassidy einen Schritt zurück und beobachtete, wie Cameron ihrem Großvater beim Einsteigen half und anschließend den Rollator ins Auto hob.

„Soll ich mitkommen, um dir zu helfen, Rupert ins Bett zu bringen?“

Unschlüssig erwiderte sie seinen Blick und nickte kurz. Vermutlich war es wirklich die beste Idee, etwas Unterstützung bei ihrem Großvater zu haben.

Angespannt saß sie kurze Zeit später in ihrem Auto und fuhr die wenigen Straßen bis zu ihrem Haus, während ihr bewusst war, dass Cameron sie beobachtete. Gleichzeitig begann ihr Großvater zu schnarchen und protestierte, als sie beide ihn aus dem Auto holen wollten. Der Rollator blieb in ihrem Auto, während sie Rupert rechts und links nahmen und die Treppe zu ihrer Veranda hinaufbeförderten. Für einen so dünnen Mann war ihr Großvater erstaunlich schwer, was vielleicht auch daher kam, dass er sich mit seinem ganzen Gewicht auf sie beide lehnte.

Cassidy ächzte und schloss die Tür auf. Morgen hätte sie sicherlich einen blauen Fleck an ihrer Schulter, wo sein spitzer Ellenbogen sie schmerzlich traf.

„Wohin mit ihm?"

„Ich will zu meiner Frau", lallte ihr Großvater wenig kooperativ.

„Heute nicht", erklärte Cameron gutmütig. „Heute schläfst du bei deiner Enkeltochter."

Sie suchte seinen Blickkontakt und deutete mit ihrem Kopf nach oben. „Ich habe ein Gästezimmer, in dem er übernachten kann."

Während sie ihren Großvater mühsam die Treppe nach oben manövrierten, ergoss sich dieser in Selbstmitleid. „Deine Großmutter war immer so kalt und abweisend in den letzten Jahren, Cassidy. Aber Laura hörte mir zu und lächelte sogar. Verstehst du?“

„Mhm“, entgegnete sie nichtssagend, um einer Diskussion aus dem Weg zu gehen. Auch wenn sie das größte Verständnis für ihn hatte, war sie nicht begeistert darüber, ihrer Großmutter die ganze Schuld an seinem Seitensprung zu geben.

„Wenn Alma doch nur ... nur netter zu mir gewesen wäre“, lallte er schwerfällig, als Cassidy die Tür zu ihrem Gästezimmer aufstieß. „Dann hätte ich Laura nicht angefasst.“

„Rupert“, mischte sich Cameron mit ruhiger Stimme ein. „Anstatt dich mit Laura zu vergnügen, hättest du einfach mit Alma sprechen sollen. Ihr jetzt die Schuld zu geben, ist nicht fair.“

„Ich weiß“, heulte ihr Großvater. „Aber was soll ich tun?“

Cassidy verdrehte die Augen und überließ es Cameron, ihren schwankenden Großvater zu stützen, während sie Licht machte und das Bett aufschlug. Da sie sehr viel Zeit und Liebe in die Renovierung des Hauses gesteckt hatte, hoffte sie nur, dass die Einrichtung heil blieb, solange ihr Großvater hier zu residieren gedachte. Leider wusste sie, in welchem Zustand das Gartenhäuschen mittlerweile war, und befürchtete Schlimmes.

„Du musst mit deiner Frau kommunizieren. Sie kann nicht wissen, was du denkst."

Angesichts der frommen Sprüche ihres Ehemannes verdrehte Cassidy einmal mehr die Augen und meinte über die Schulter: „Du klingst wie ein Therapeut."

Er zuckte mit der Schulter. „Das kann sein, da ich einer bin."

Wie schön, dass sie dies nun auch erfahren hatte.

Mit seiner Unterstützung schob sie ihren Großvater auf das Bett, bevor sie die Decke über ihn zog. Vermutlich war es unbequem, dass er in seiner Kleidung schlief, aber nach diesem aufschlussreichen Abend konnte sie es nicht gebrauchen, auch noch Erkenntnis darüber zu erlangen, wie er nackt aussah.

Kaum lag er auf dem Bett, ertönte auch schon ein sägendes Schnarchen, was im Vergleich zu seinem Gejammer eine wahre Wohltat war. Als sie die Tür zum Gästezimmer schloss, atmete sie aus und erinnerte sich im gleichen Moment daran, dass Cameron noch da war.

„Ich könnte einen Kaffee gebrauchen."

Ein Kaffee klang tatsächlich ganz gut, also nickte sie schwach und lief wortlos an ihm vorbei, um die Treppen nach unten zu erklimmen. Cassidy konnte hören, wie er ihr folgte, und machte sich in der Küche gleich daran, eine Kanne Kaffee aufzusetzen, während er sich an ihren Küchentisch setzte.

Obwohl sie mit dem Rücken zu ihm stand, erklärte sie leichthin: „Danke, dass du mir geholfen hast, meinen Großvater nach Hause zu bringen."

„Bitte sehr. Was hältst du von der Scheidung deiner Großeltern?"

Sie zuckte mit der Schulter und holte zwei Kaffeetassen aus dem Schrank. „Sie sind erwachsen und müssen wissen, was sie tun."

„Das klingt nicht nach einer Meinung", ertönte gleich darauf seine amüsierte Stimme als Antwort. „Was denkst du wirklich?"

Cassidys Schultern sackten hinab, während sie die Tassen auf den Tisch stellte und einen kurzen Moment lang seine blonden Haare musterte. „Was weißt du überhaupt über die Trennung meiner Großeltern? Du bist erst seit vorgestern in der Stadt, wenn mich nicht alles täuscht."

Lässig lehnte er sich zurück und schob die Hände in seine Hosentaschen. „Vermutlich weiß ich so ziemlich alles."

Sie schnaubte abfällig. „Sei mir nicht böse, aber das glaube ich nicht."

„Das kannst du getrost tun. Irgendetwas habe ich an mir, dass die Menschen mir so ziemlich alles anvertrauen. Das war auch der Fall, als wir uns kennengelernt haben. Selbst deine Großmutter hat mir alles über ihre Trennung erzählt – genau wie dein Großvater."

Cassidy verengte die Augen. „Wenn mich nicht alles täuscht, war ich betrunken – genau wie mein Großvater.

Und meine Großmutter war vermutlich von dem vielen Zucker völlig benebelt.“

In keiner Weise beleidigt lachte er fröhlich auf. „Wenn es dich beruhigt, schieben wir es auf den Alkohol. Trotzdem hast du mir noch immer nicht gesagt, was du über die Trennung deiner Großeltern denkst, Cassidy.“

„Möchtest du jetzt meinen persönlichen Therapeuten spielen?“

„Eigentlich interessiert es mich nur, was du dazu meinst.“

Innerlich verdrehte sie die Augen, da er tatsächlich wie ein Therapeut klang. „Cameron, ich bin schon erwachsen. Dass sich meine Großeltern scheiden lassen, lässt mich nicht durchdrehen, falls du das denkst.“

„Entschuldige, dass ich frage, aber du scheinst sehr familienbezogen zu sein.“

Angesichts seines ehrlichen Interesses ließ sich auch Cassidy auf einen Stuhl sinken und saß ihm genau gegenüber. Nachdenklich verzog sie den Mund und spürte ein angenehmes Kribbeln, als seine dunklen Augen ihr Gesicht fixierten.

„Natürlich würde ich es vorziehen, wenn die beiden sich nicht scheiden lassen, sondern sich aussöhnen, aber das ist nicht meine Entscheidung.“ Um das Thema zu wechseln, nickte sie ihm zu. „Du bist Therapeut?“

„Genau.“

„Was bringt einen Therapeuten dazu, eine wildfremde Frau in Las Vegas zu heiraten?“

„Gegenfrage.“ Seine Mundwinkel kräuselten sich. „Was bringt eine Kindergärtnerin dazu, einen wildfremden Mann in Las Vegas zu heiraten?“

„Touché.“ Sie schnitt eine Grimasse. „Aber im Gegensatz zu dir war ich betrunken.“

„Ganz so fremd warst du mir ja nicht, immerhin hattest du mir in den Stunden vor unserer Trauung deine ganze Lebensgeschichte erzählt. Einschließlich der Tatsache, dass du mit drei Jahren aus deinem Kinderwagen heraus ein Paar rote Lackschuhe gestohlen hast.“

„Was?“

„Oh ja.“ Er schnappte sich ein Karamellbonbon, das zusammen mit anderen Süßigkeiten in einer dekorativen Schale auf dem Tisch lag. „Außerdem weiß ich, dass du gegen Kiwis allergisch bist, den Geruch von Vanille in Cremes grauenvoll findest, aber gerne Vanillepudding isst, und dass du noch nie im Ausland warst, aber davon träumst, eine Weltreise zu machen."

Verständnislos öffnete sie den Mund. „Woher weißt du das?"

„Von dir." Gemütlich kaute er auf seinem Bonbon herum. „Ich habe dir doch gesagt, dass wir uns ausgiebig unterhalten haben."

Cassidy schluckte und wollte zögernd wissen: „Ich ... ich kann mich dumpf erinnern, dass wir einen Burger gegessen haben. Stimmt das?"

„Aber sicher", erwiderte er grinsend. „Das war sozusagen unser Hochzeitsmahl."

Langsam hob sie den Kopf. „Zurück zu meiner Frage, Cameron. Wie kommt ein Therapeut dazu, jemanden zu heiraten, den er gar nicht kennt? Du scheinst kein Problem damit zu haben, dass wir verheiratet sind."

„Warum sollte ich denn auch? Wir haben uns blendend verstanden ..."

„Ein paar Stunden. Deshalb heiratet man noch lange nicht."

Er seufzte auf und hob die Hände. „Cassidy, man sollte das Leben nicht immer so ernst nehmen. Wir hatten viel Spaß, haben den ganzen Abend geredet, uns gut verstanden und dann aus Lust und Laune geheiratet."

„Auch wenn man das Leben nicht immer bierernst nehmen sollte, ist es auch keine gute Idee, es auf die leichte Schulter zu nehmen. Du hättest ein Psychopath sein können!"

„Du kannst auch jemanden zehn Jahre kennen und dennoch nicht wissen, ob er ein Psychopath ist."

Cassidy rümpfte die Nase. „Das ist eine verquere Logik."

Sein breiter Brustkorb hob sich, als er tief einatmete. „Weißt du, wie viele Paare ich in meiner Praxis habe, die sich jahrelang kennen, bevor sie heiraten, und am Ende dennoch feststellen, dass sie ihr Leben nicht miteinander verbringen möchten? Es gibt keine Garantie für ein Happy End, nur weil man seit ewigen Zeiten zusammen ist."

„Dennoch sollte man sich vorher kennen, oder?"

„Vor allem sollte man sich sympathisch sein."

Abwehrend schüttelte sie den Kopf. „Ich würde mich nicht einmal auf ein Blind Date einlassen wollen, Cameron."

Seine Antwort bestand aus einem wissenden Lächeln, das sie verlegen machte.

Cassidy erhob sich, um nach dem Kaffee zu schauen, und goss ihnen beiden etwas in die Tassen ein, während sie ihn verstohlen musterte. Heute trug er ein sehr kuschelig aussehendes dunkelblaues Flanellhemd, an dessen Kragen sie den runden Ausschnitt eines weißen T-Shirts sowie seine ausgeprägten Schulterblätter erkennen konnte. Schon am Morgen nach ihrer Blitzhochzeit war ihr aufgefallen, dass er kräftig gebaut war, und an dem Tag, an dem er vor ihrer Tür erschienen war, hatte sie festgestellt, dass der Mann, dessen Name neben ihrem auf einem Ehezertifikat stand, ein außergewöhnlich hübsches Exemplar der männlichen Gattung war. Die Tratschtanten der Stadt hatten maßlos untertrieben, als sie ihn mit JFK verglichen hatten. Cameron Kennedy sah nämlich eher wie ein junger Paul Newman mit Grübchen aus.

„Ich kann nur wiederholen, dass diese Hochzeit deine Idee war."

„Und ich kann nur wiederholen, dass ich betrunken war“, seufzte sie und stellte die Kaffeekanne weg, bevor sie sich wieder hinsetzte.

„Was sagt man immer? Betrunkene und Kinder sagen die Wahrheit.“

„Man sagt auch: Drum prüfe, wer sich ewig bindet“, gab sie zurück.

„Deine Schlagfertigkeit hast du jedenfalls nicht verloren.“ Cameron nahm einen Schluck. „Das erinnert mich an deinen Disput mit dem Croupier im Tropicana. Ich sah uns schon im Kasino-Gefängnis landen.“

Mit mehr als nur mildem Interesse schaute sie auf. „Was habe ich denn getan?“

„Vermutlich ist es besser, wenn du erst einen Schnaps trinkst, bevor du diese Geschichte erfährst.“

Cassidy legte den Kopf schräg. „Ich trinke keinen Alkohol mehr.“

„Gute Entscheidung“, erwiderte er grinsend. „Und völlig nachvollziehbar.“

„Wenn du so etwas sagst, frage ich mich ernsthaft, was ich alles angestellt habe“, erklärte sie peinlich berührt.

„Keine Sorge. Egal, was du getan hast, es war alles sehr ... charmant.“ Seine Augen lächelten sie über den Rand der Kaffeetasse an.

„Cameron“, entgegnete sie leise und auf Verständnis hoffend. „Du bist nett – wirklich. Aber ... aber ich habe keinerlei Erinnerung an dich und unsere Hochzeit. Du magst irgendeine ... Verbindung zu mir haben, aber bei mir ist das nicht der Fall.“

Er prostete ihr zu. „Trotzdem sitzen wir hier und trinken Kaffee.“

Mit einem schwachen Lächeln verdrehte sie die Augen und erwiderte das Prosten. „Trotzdem gehst du gleich in dein Hotelzimmer.“

„Unbedingt“, schwor er feierlich. „Erstens schläft mein guter Freund Rupert oben und fände es sicherlich nicht so toll, wenn ich über seine Enkeltochter herfiele.“

„Und zweitens?“, wollte sie neugierig wissen.

„Zweitens verwette ich alle Kasinochips, die ich besitze, dass du keinen Spiegel über dem Bett hängen hast.“

Cassidy konnte nicht anders, als in ein belustigtes Gelächter auszubrechen.

6. Kapitel

30. Dezember

„Habe ich etwas verpasst?“

„Was tust du denn hier?“ Cassidy sah von einigen Papieren auf ihrem Schoß hoch und bemerkte ungläubig, dass sich Cameron einen Weg durch die Stuhlreihe gebahnt hatte und sich nun wie selbstverständlich neben sie setzte, während er drei Kuchenstücke auf einem Pappteller balancierte.

„Ich habe heute Morgen in der Bäckerei gehört, dass es hier sagenhaften Kuchen geben wird.“

Sie schnitt eine Grimasse und beugte sich vor, um ihm so unauffällig wie möglich zuzuraunen: „Das hier ist die Stadtversammlung, Cameron.“

„Ich weiß.“ Er spießte ein Stück Schokoladenkuchen auf und hielt ihr seine Gabel einladend entgegen.

Sofort schüttelte sie den Kopf und ignorierte das unruhige Gewackel neben sich, mit dem Kate vermutlich signalisieren wollte, dass sie wissen wollte, wer der

Blondschopf war, der fleißig an einer ausgewachsenen Diabetes arbeitete und sich wie selbstverständlich zu Cassidy setzte.

„Bist du sicher, dass du nicht probieren willst? Der Kuchen ist großartig."

„Sch", ermahnte sie ihn. „Wie viel Gebäck hast du heute eigentlich schon verdrückt? Wenn das so weitergeht, entwickelst du nicht nur Diabetes, sondern passt bald nicht mehr auf den Stuhl."

Grinsend versenkte er die Gabel in seinem Mund und murmelte mit vollem Mund: „Hast du Angst, dass ich meinen Astralkörper verliere?"

„Sch!" Vor lauter Verlegenheit errötete sie und nagte unsicher auf ihrer Unterlippe herum. Die Stadt mochte zwar aus vielen Rentnern bestehen, dennoch funktionierten deren Gehörgänge ausgezeichnet, sobald sie irgendwo ein Gerücht witterten.

Keinesfalls eingeschüchtert beugte er sich vor und reichte Kate über Cassidy hinweg die Hand. „Hi, mein Name ist Cameron."

„Oh." Sie zwinkerte amüsiert. „Das JFK-Double, das für viele Herzrhythmusstörungen unter den Kundinnen in der Bäckerei verantwortlich ist. Ich habe schon einiges von dir gehört. Ich bin Kate."

Obwohl Cassidy ihm gesagt hatte, dass er leiser sein sollte, lachte er dröhnend und zog so die Aufmerksamkeit der Stadtbewohner aus den vorderen Reihen auf sich. Am liebsten wäre sie geflohen, verstieg sich jedoch darauf, ihn anzustoßen.

Unbeeindruckt rutschte er noch näher an sie heran und erklärte an Kate gewandt: „Ich habe keine Ahnung, wie die Ladys darauf kommen, dass ich JFK ähnlich sehe."

„Neunzig Prozent von ihnen haben auch schon grauen Star", maulte Cassidy, während sie so unauffällig wie möglich näher zu Kate rutschte und gleich darauf bemerkte, dass Cameron ihr folgte. Anscheinend wollte er mit aller Gewalt, dass die Stadtbewohner zu tuscheln begannen. Da sie als Vorsitzende des Landschaftsvereins gleich einen Bericht zu der geplanten Renovierung des Musikpavillons vorlegen wollte, war sie nervös genug und konnte Camerons Anwesenheit überhaupt nicht gebrauchen. Ihre Hände schwitzten bereits, auch ohne dass sein Oberschenkel ihren berührte und damit das

Gefühl, einen Stromschlag abzubekommen, durch ihren ganzen Körper jagte. Der Geruch nach sauberer Männerhaut, gepaart mit köstlicher Schokolade, der ihr zusätzlich in die Nase stieg, war kaum auszuhalten. Ob das Kribbeln in ihrem Magen von dem Lampenfieber oder von dem Mann neben sich kam, wusste sie nicht, aber Cassidy wollte dies nun nicht näher ergründen, sondern sich lieber auf die Zahlen auf den Papieren konzentrieren.

Mit Fug und Recht konnte sie behaupten, dass sich kaum jemand in der Stadt so sehr für die Gemeinde einsetzte wie sie. Die meisten vakanten Plätze hatte sie übernommen, weil sich niemand sonst hatte bereit erklären lassen wollen, sich um den Landschaftsbau, die Gräberfürsorge und die Haustiergesundheitsfürsorge zu kümmern. Vor allem die letzte Stelle entbehrte nicht einer gewissen Ironie, schließlich hatte Cassidy aufgrund einer heftigen Allergie nicht einmal ein Haustier. Ihr Problem war leider, dass sie nur schlecht Nein sagen konnte. Das war auch der Grund, weshalb ihr verkaterter Großvater in ihrem Gästezimmer lag und darüber lamentierte, wie schlecht es ihm ging.

„Außerdem bist du wohl auch mitverantwortlich, dass mein Mann gestern Abend schwankend nach Hause gekommen ist“, fügte Kate lachend hinzu. „Heute pocht ihm der Schädel, und er ist unleidlich, da ich kein Mitleid für ihn aufbringe.“

Cassidy warf einen kurzen Blick zum Podium, auf dem Hugh stand und sich mit jemandem aus dem Festtagskomitee unterhielt. Tatsächlich sah er ein wenig mitgenommen aus. Gestern hatte sie gar nicht so sehr auf ihn geachtet, da sie sich eher um den Zustand ihres Großvaters gekümmert hatte.

„Männer können solche Jammerlappen sein“, entgegnete Cassidy mit einem Seitenblick auf ihren Stuhlnachbarn.

Anstatt auf ihre Bemerkung einzugehen, fragte er nach: „Wie geht’s deinem Grandpa?“

„Wir haben sechs Uhr abends und er liegt immer noch im Bett.“ Sie verzog den Mund und musste sich ein Lächeln verkneifen. „Das sagt doch alles.“

Cameron lachte leise. „Eigentlich bin ich davon ausgegangen, dass die Jungs vom Land etwas mehr vertragen. Womit vertreibt ihr euch denn sonst die Zeit?“

Unter ein paar Ponyfransen warf Cassidy ihm einen schiefen Blick zu und ächzte ironisch: „Wir schubsen Kühe um, Cameron, und veranstalten Wettbewerbe, wer am weitesten seinen Kautabak ausspucken kann.“

Grinsend legte er einen Arm um ihre Stuhllehne. „Das möchte ich sehen!“

Erschrocken holte sie tief Luft und fixierte seinen Arm ungläubig. „Cameron“, zischte sie leise und schüttelte unmerklich den Kopf, was ihm lediglich ein genervtes Augenverdrehen abrang.

Kate klang sehr amüsiert. „Kennt ihr euch schon länger?“

„Nicht wirklich“, entgegnete Cassidy schwach und hoffte, dass er den Begriff *Las Vegas* nicht fallen ließ.

Stattdessen erwiderte er lässig: „Cassidy ist mein Date für Silvester.“

„Aha.“ Kate gab ein wenig damenhaftes Grunzen von sich und verschränkte die Arme vor der Brust. „Dann wird es wenigstens nicht langweilig werden.“

Gut gelaunt ließ Cameron den Arm über der Stuhllehne liegen, auch wenn Cassidy sich darum bemühte, ihn beiseitezuschieben, und fragte unverfänglich: „Was meinst du damit?“

„Damit meine ich, dass die Tratschweiber endlich über etwas anderes als über die Affäre zwischen Cassidys Großvater und Laura sprechen werden. Ich arbeite in der Bäckerei meiner Grandma und höre seit Monaten nichts anderes. Es wird Zeit, dass die Stadt einen neuen Skandal bekommt.“

Nun verschränkte auch Cassidy ihre Arme vor der Brust. „Du übertreibst maßlos, Kate.“

„Von wegen! Ich bin schon kurz davor, die Bäckerei abzufackeln, damit die Damen keinen Grund mehr haben, mich den ganzen Tag mit dieser Geschichte zu tyrannisieren.“

Cameron kam auf etwas ganz anderes zu sprechen. „Was sollte daran skandalös sein, dass ich Cassidy auf das Silvesterfest begleite?“

„Nichts.“ Kate zuckte mit der Schulter und lachte anschließend. „Aber ich bin mir ziemlich sicher, dass die Damen sich irgendetwas ausdenken werden, um eurem Date das gewisse Skandalträchtige zu geben.“

Er räusperte sich und fragte im gespielten Ernst: „Beispielsweise eine Blitzhochzeit in Las Vegas?“

Cassidy fuhr beinahe senkrecht auf ihrem Stuhl hoch und zuckte zusammen. Glücklicherweise schien Kate dies nicht bemerkt zu haben, da sie in so fröhliches und lautes Lachen ausbrach, dass sich die grauhaarigen Frauen vor ihnen umdrehten.

„Cassidy und eine Blitzhochzeit in Las Vegas? Der Witz ist gut.“

Sie knirschte mit den Zähnen und blitzte Cameron an, der merklich zufrieden wirkte.

„Soll das heißen, dass ich nicht spontan sein kann?“

Kate schenkte ihr ein unsicheres Lächeln. „So leid es mir tut, Cassidy, aber spontan bist du wirklich nicht, Liebes.“

Bevor sie etwas entgegnen konnte, fragte Cameron mit deutlich erkennbarer Neugierde: „Erzähl mir doch ein wenig über die Frau, die mein Silvester-Date sein wird, Kate.“

„Wag es nicht, Kate“, zischte sie ihr zu, doch die Frau, die nur ein paar Jahre älter war, zwinkerte vergnügt.

„Cassidy ist die ordentlichste Frau, die ich kenne. Wenn sie bei der Ausrichtung eines Festes hilft, bügelt sie vorher sogar die Servietten."

„*Das* ist maßlos übertrieben." Sie verengte die Augen und verschloss den Mund.

„Stell dein Licht nicht unter den Scheffel." Kate lächelte schief. „Du bist immer so tüchtig und engagiert. Immerhin bist du Vorsitzende von drei städtischen Vereinen und verpflichtest dich für alle möglichen Komitees, wenn Not am Mann ist."

In ihren Ohren klang das alles schrecklich langweilig. Wenn sie gehört hätte, dass jemand so beschrieben werden würde, hätte sie nur einen Gedanken: langweiliges Mauerblümchen.

Dabei wollte sie kein langweiliges Mauerblümchen sein. Und sie wollte nicht, dass der Mann, der so unverblümt nah neben ihr saß, genau diesen Eindruck von ihr gewann. Zwar war er nur ein Ehemann auf Zeit und würde in wenigen Tagen verschwunden sein, dennoch störte sie der Gedanke, dass er sie für eine langweilige Transuse halten könnte, die nichts anderes zu tun hatte, als sich um Gemeindefeste und Renovierungen von Musikpavillons zu kümmern. Cameron Kennedy wirkte alles andere als langweilig, sondern war extrem sympathisch, locker und schien sich überall wohlzufühlen.

Er war jemand, der vermutlich nicht leicht zu beeindrucken war.

Noch wichtiger war jedoch die Frage, warum sie das Bedürfnis hatte, ihn beeindrucken zu wollen.

Gespielt leichthin wedelte sie mit einer Hand vor ihrem Gesicht herum. „Wie Cameron schon richtig sagte, gibt es auf dem Land nicht viel zu tun, also kann ich mich genauso gut auch einbringen."

„Eure Stadt ist entzückend", erwiderte Cameron mit vollem Mund, da er sich ein beachtliches Stück Käsekuchen in den Mund geschoben hatte. „Auch wenn sie nicht Las Vegas ist."

Bei Kate fiel der Groschen glücklicherweise nicht. „Ich finde Las Vegas nicht besonders entzückend. Wenn ich mich betrinken, mir eine Show anschauen oder Geld an Spieltischen verlieren will ..."

„Oder heiraten", unterbrach Cameron sie schmatzend, woraufhin Kate schnaubte.

„Heiraten in Las Vegas? Billiger geht es wirklich nicht, oder?“

Cassidy presste die Lippen aufeinander und versenkte den Absatz ihres Stiefels in seinem Schuh, was ihn deutlich zusammenzucken ließ.

Anscheinend hielt nicht einmal dies ihn davon ab, eine weitere versteckte Andeutung vom Stapel zu lassen. „Las Vegas bietet alles, was die Herzen der Heiratswilligen höher schlagen lässt: Hochzeitskapellen, tägliche Feuerwerke und Hotelzimmer mit Spiegeln über den Betten.“

Kate prustete. „Wenn das so ist ...“

Während Cassidy glaubte, jeden Moment auszuflippen oder den Verstand zu verlieren, trat zu ihrer grenzenlosen Erleichterung Hugh an das Podium und krächzte mit rauer Stimme und dunklen Augenringen ins Mikrofon: „Guten Abend, alle zusammen. Wie es scheint, können wir anfangen, was ich sehr begrüßen würde, da ich heute ein wenig ... erschöpft bin.“

Neben ihr räusperte sich Kate und rief deutlich in den Raum: „Verkatert, Liebling. Du bist verkatert.“

„Danke, Frau.“ Der Bürgermeister schnitt eine Grimasse. „Wie aufmerksam von dir.“

Kates Großmutter drehte sich aus der ersten Reihe nach hinten und erklärte ihrer Enkeltochter mahnend: „Alkohol ist das Getränk des Teufels. Ehefrauen sollten ihre Männer immer auf Abstand dazu halten.“

„Vielen Dank für den Tipp, Bessie“, ächzte der Bürgermeister. „Darf ich dich daran erinnern, *wer* zu Weihnachten so viel Punsch getrunken hatte, dass er auf der Couch eingeschlafen ist?“

„Still, du Frechdachs“, mahnte die ältere Frau ihren Schwiegerenkelsohn und winkte ihm herrisch zu.

Cassidy schloss für einen kurzen Moment die Augen, während eine lebhafte Diskussion zwischen Hugh und Bessie begann, in die sich zu allem Überfluss auch noch ihre Großmutter einmischen musste, was dem Ganzen die Krone aufsetzte.

„Sind eure Stadtversammlungen immer so?“

Augenblicklich fuhr ein Schaudern durch ihren Körper, als sie Camerons Atem an ihrem Ohr spürte.

Möglichst unbeteiligt nickte sie und erwiderte ebenfalls flüsternd: „Das ist noch gar nichts. Du solltest sehen, welche Diskussionen entstehen, wenn über neue Straßenschilder entschieden werden soll."

Sein leises Lachen ließ ihre Mundwinkel zucken.

„Solange es immer solchen Kuchen gibt, wäre ich dabei."

„Das glaube ich gerne", murmelte sie und erhob sich, als Hugh ihr ein Zeichen gab.

Während sie den launischen Stadtbewohnern eine Kostenkalkulation zu der Renovierung präsentierte und sich zusätzlich auch noch die Organisation einer Spendenaktion aufs Auge drücken ließ, war sie sich der ganzen Zeit bewusst, dass Cameron nicht nur seinen Kuchen verschlang, sondern sie ununterbrochen musterte. Dies war auch der Grund, weshalb sie sich mehrmals verhaspelte und froh war, als sie das Podium wieder verlassen durfte.

Da ihre Großmutter ihr einen schrägen Blick zuwarf, konnte Cassidy nur vermuten, dass die ältere Frau wusste, dass ihr Noch-Ehemann bei ihrer Enkeltochter übernachtet hatte. Auf eine Auseinandersetzung mit ihr hatte sie wirklich keine Lust und wollte daher so schnell wie möglich verschwinden. Rasch griff sie nach ihrer

Tasche und ihrer Jacke und hatte die Stadthalle bereits verlassen, als Cameron plötzlich neben ihr herlief.

Seufzend schulterte sie ihre Tasche. „Musst du nicht in die andere Richtung?“

„Ach, der Abend ist so schön, dass ich Lust auf einen Spaziergang hatte.“

„Du bist auch nie um eine Ausrede verlegen, oder?“ Beinahe hätte sie geschmunzelt und bemerkte, wie ruhig sie mit einem Mal wurde und es genoss, ihn neben sich zu wissen. Nichtsdestotrotz fragte sie im vorwurfsvollen Ton: „Wolltest du mich etwa in den Wahnsinn treiben, als du vor Kate immer wieder über Las Vegas gesprochen hast?“

„Las Vegas ist eine tolle Stadt.“ Er zuckte kurz mit der Schulter. „Du warst doch auch erst vor Kurzem dort, oder?“

„Haha, du Komiker.“ Sie stieß ihn freundschaftlich in die Seite und erntete ein Schnaufen. „Trotzdem hättest du ein wenig subtiler sein können.“

„Cassidy, sei nicht immer so ernst. Selbst wenn Kate von unserer spontanen Blitzhochzeit erfahren hätte, wäre das doch kein Weltuntergang gewesen.“

„Für dich sicherlich nicht“, erklärte sie in dem Bemühen, leichthin zu klingen. „Du, das JFK-Double, wirst bald wieder in Washington sein, während ich weiterhin Teil dieser Stadt bin und mir noch jahrelang anhören müsste, was mich geritten hat, einen fremden Mann zu heiraten.“

Nun stieß er sie kurz in die Seite. „Du bist toll, Cassidy, aber dein Problem ist, dass du es allen recht machen willst und dich darüber vergisst.“

Sie holte tief Luft. „Spricht da der Therapeut aus dir?“

„Wäre es sehr klischeehaft, wenn ich antworten würde: Nein, da spricht dein Mann aus mir?“

Cassidy verdrehte die Augen. „Unglaublich klischeehaft. Und mach dir keine Sorgen. Ich mache nur das, was ich auch will.“

„Hast du dir deshalb die Organisation dieser Spendenaktion aufschwatzen lassen?“

Naserümpfend sah sie ihn von der Seite an. „Wer sagt denn, dass ich das nicht organisieren will?“

Abwehrend hob er beide Hände. „Das sollte kein Angriff sein. Manchmal tut man sich selbst jedoch einen großen Gefallen, wenn man auch Nein sagen kann.“

„Cameron“, erwiderte sie gepresst. „Stell mich bitte nicht als naives Dummchen dar.“

„Das tue ich nicht.“ Seine Stimme klang sowohl ernst als auch ruhig. „Du bist alles andere als dumm, schließlich hätte ich dich sonst nicht geheiratet.“

Mit einem Stöhnen legte sie den Kopf in den Nacken. „Ich weiß bei dir nie, wann du ernst bist und wann nicht. Können wir nicht ein Gespräch führen, in dem du keine Witze reißt?“

„Das macht meinen Charme aus.“

Eine ganze Minute schwieg sie, bevor sie das Gespräch wieder aufnahm und wissen wollte: „Wann fährst du zurück nach Washington?“

„Mal sehen.“

„Cameron“, warnte sie ihn steif.

„Ich könnte meinen Urlaub verlängern, schließlich ist es hier alles andere als langweilig.“

„Würdest du meinetwegen oder wegen der Kuchen hierbleiben?“

„Na ...“ Er schnalzte mit der Zunge. „Wer scherzt denn plötzlich?“

Cassidy runzelte die Stirn. „Eigentlich war die Frage ernst gemeint.“

„Und sie ist zudem so lächerlich, dass ich darauf nicht antworten möchte.“

Als er nur wenige Meter vor ihrem Haus stehen blieb und sie am Arm festhielt, stockte ihr für einen Moment der Atem.

„Hör zu“, erklärte er mit weicher Stimme und strich ihr eine Strähne aus der Stirn. „Ich mag zufällig die Frau, die ich geheiratet habe, auch wenn sie mich am liebsten aus der Stadt jagen würde.“

Hilflos sah sie ihm ins Gesicht und flüsterte: „Ich würde dich nicht aus der Stadt jagen.“

„Trotzdem wäre es dir lieber, wenn ich verschwände.“

Sie holte Luft. „Cameron, wir kennen uns doch kaum.“

„Gut genug.“ Lächelnd legte er ihr eine Hand auf die Wange. „Mach dir einen Tee. Deine Stimme klingt rau.“

Dann drehte er sich um und machte sich auf den Rückweg.

Cassidy sah ihm nach und fragte sich, woher der Wunsch kam, ihn zurückzurufen und einfach weiter mit ihm auf der dunklen Straße zu stehen und zu reden.

7. Kapitel

31. Dezember

„Cassidy?“

Beinahe hätte sie aufgeschrien, stattdessen gab sie einen undefinierten Ton von sich und machte die wildesten Verrenkungen, um die Strumpfhose anzuziehen, die sie aus ihrer Kommode gekramt hatte, nachdem sie sich für ein Kleid entschieden hatte. Eigentlich bevorzugte sie Hosen, doch heute war nun einmal Silvester und damit der perfekte Anlass für ein Kleid.

Außerdem sagte June ihr immer, dass ihre Beine in Kleidern spektakulär aussahen. Zwar wollte sie Cameron nicht wirklich beeindrucken, dennoch konnte es nie schaden, seine Schokoladenseite zu präsentieren.

Obwohl sie sich sagte, dass sie sich für ihn nicht herausputzen wollte, tat sie es doch. Den Grund dafür wollte sie lieber nicht ergründen.

„Cassidy? Wo bist du?“

„Einen Moment noch, Grandpa!“ Wenn das so weiterging, müsste sie sicherlich eine zweite Schicht Make-up auflegen, um die hektischen roten Flecken zu überdecken, die entstanden, wenn man mit aller Macht versuchte, sich in Strumpfhosen zu quetschen, während das Jammern des Großvaters alle paar Sekunden ertönte.

Wenig damenhaft stellte sie sich in ihrem Zimmer breitbeinig hin und zupfte an der Strumpfhose herum. Gleichzeitig stiegen Hitzewellen in ihr auf – zusammen mit der Befürchtung, dass ihr Deo versagen könnte. Von Sekunde zu Sekunde wurde ihr bewusst, weshalb sie so gerne Hosen trug.

„Cassidy!“

„Ja doch!“

Aufgebracht ließ sie den Saum des Kleides los und trampelte barfuß durch ihr Zimmer, betrat den Flur und anschließend das Gästezimmer, in dem ihr Großvater auf dem Bett lag und in ohrenbetäubender Lautstärke irgendeinen Krimi sah. Wortlos schaltete sie den Ton aus und verfluchte sich dafür, den Fernseher aus dem Wohnzimmerschrank abgebaut und in das Gästezimmer geschleppt zu haben, damit ihr Großvater weiterhin in die Flimmerkiste starren konnte.

Wie es schien, tat er nichts anderes.

„Was ist denn, Grandpa? Hunger und Durst kannst du ja nicht haben." Sie deutete auf das volle Tablett neben dem Bett. Wenn er nicht die Absicht hatte, das knusprige Brathähnchen zu essen, hätte sie nicht stundenlang in der Küche stehen müssen, dachte sie resigniert. Ihren Großvater daheim zu haben, war tatsächlich ein Fulltime-Job.

„Mhm." Zögernd blickte er auf. „Wohin gehst du?"

„Das weißt du doch", erwiderte sie geduldig. „Cameron holt mich gleich ab, um mit mir zur Silvesterparty zu gehen."

„Mhm."

Der mitleidheischende Blick hätte sie normalerweise zum Lachen gebracht, doch da sie etwas unter Zeitdruck stand, konnte er ihr nichts anhaben.

„Kann ich irgendetwas für dich tun, Grandpa, bevor ich gehe?"

Seufzend runzelte er die Stirn. „Weißt du, ob deine Grandma auch kommt?"

„Ich habe sie zwar nicht gefragt, aber ich bin mir ziemlich sicher, dass sie wie jedes Jahr dabei sein wird."

Er machte ein Gesicht wie sieben Tage Regenwetter. „Normalerweise sind wir beide immer zusammen dorthin gegangen."

In ihr regte sich das schlechte Gewissen. Auch wenn sie unter Zeitdruck stand, sollte sie sich für ihren Großvater Zeit nehmen. Er war zwar nicht der unkomplizierteste Zeitgenosse, dennoch war er ihr Großvater. Und die Tatsache, dass er allein ins neue Jahr hineinfeiern würde, machte ihr doch zu schaffen.

Daher zog sie sich den Hocker von der Wand neben das Bett und ließ sich darauf sinken. „Cameron und ich können dich auch mitnehmen, Grandpa."

„Ach, ich will euch junge Leute nicht stören. Außerdem habe ich nichts zum Anziehen. Und deine Großmutter wäre nicht begeistert, wenn ich dabei wäre."

„Es ist nicht Grandmas persönliche Feier. Natürlich kannst du auch kommen, wenn du willst."

„Lass mal." Er winkte mit einem schwachen Lächeln ab, das sie ihm nicht wirklich abkaufte, und tätschelte ihr die Hand. „Es ist lieb, dass du dich um mich sorgst, aber ich denke, dass es besser ist, wenn ich hierbleibe."

Seufzend legte Cassidy den Kopf schief. „Mir gefällt es nicht, dich traurig zu sehen, Grandpa. Wenn du mitkommen möchtest, habe ich das größte Verständnis dafür. Viele deiner Freunde wären auch dort."

„Und deine Großmutter." Er senkte den Blick. „Ich vermisse sie ganz schrecklich. Selbst ihr Gemecker fehlt mir."

Das konnte Cassidy zwar nicht nachvollziehen, doch sie konnte sich gut vorstellen, wie sich ihr Großvater fühlte. Er war immerhin über fünfzig Jahre mit seiner Frau verheiratet, hatte drei Kinder sowie etliche Enkelkinder mit ihr bekommen und stand nun im hohen Alter allein da – Seitensprung hin oder her. Sich an solch eine Veränderung zu gewöhnen, wäre jedem Menschen schwergefallen.

Sie konnte nur erahnen, wie er sich fühlen musste. Andererseits konnte sie sich auch sehr gut in die Position ihrer Großmutter versetzen, immerhin hatte auch sie es erleben müssen, dass ihr Freund sie ausgerechnet mit ihrer besten Freundin betrogen hatte. Doch während sowohl ihr Grandpa als auch die Freundin ihrer Grandma Bedauern über ihren Seitensprung empfanden, war es bei Simon und Tiffany anders gewesen. Die beiden hatten sich allem Anschein nach einen Spaß daraus gemacht, Cassidy hinters Licht zu führen, und nicht einmal ein schlechtes Gewissen dabei empfunden, sie zu hintergehen. Bei ihnen war es zudem kein Ausrutscher gewesen, schließlich hatte ihre Affäre monatelang gedauert, bis sie sich dazu herabgelassen hatten, Cassidy reinen Wein einzuschenken.

Heute wusste Cassidy nicht, was sie mehr verletzt hatte: der Vertrauensbruch von Simon oder der ihrer angeblich besten Freundin. Sie wusste nur, dass sie seit jener Episode extrem misstrauisch war und lieber alles unter Kontrolle hatte. Auf diese Weise konnte sie wenigstens halbwegs sicherstellen, dass nichts aus dem Ruder lief.

„Es tut mir ja auch sehr leid, was ich getan habe“, riss ihr Großvater sie aus den Gedanken.

„Vielleicht solltest du ihr das einmal sagen“, riet Cassidy leise.

„Aber sie hört mich ja nicht einmal an“, verteidigte er sich aufgebracht. „Wie soll ich mich entschuldigen, wenn sie mir die Chance dazu nicht gibt?“

Mit einem leisen Seufzer rümpfte sie die Nase. „Du musst es einfach immer wieder versuchen, wenn es dir wirklich ernst ist, Grandpa. Du weißt doch, wie stolz Grandma sein kann. Dass du Laura in den vergangenen Monaten Blumen und Pralinen geschickt hast, muss sie tief verletzt haben.“

Er grummelte leise und gestand ein: „Ich wollte, dass sie ins Gartenhaus stürmt und mir den Kopf wäscht, schließlich hat sie nicht mehr mit ihr geredet.“

Ungläubig richtete sie ihre blinzelnden Augen auf sein Gesicht, das sich von Sekunde zu Sekunde rötete. „Willst du mir etwa sagen, dass das ein Trick war?“

„Ja.“ Ahnungslos hob er die Hände. „Was hätte ich denn tun sollen?“

Mit einem Stoßgebet zum Himmel grummelte nun sie: „Vielleicht hättest du die Scheidung nicht einreichen sollen, Grandpa.“

Er lieferte ihr einen Einblick in die verquere männliche Psychologie, als er frustriert erklärte: „Deine

Grandma hat mich nach ... nach dem Unfall wie einen Aussätzigen behandelt, Cassidy. Manchmal habe ich den Hund beneidet, auch wenn dieser aus einem Napf essen musste, schließlich knallte sie ihm wenigstens nicht das Essen vor die Nase und erlaubte ihm, zu ihr auf die Couch zu kommen. Mir hat sie die kalte Schulter gezeigt."

„Ist das denn ein Wunder, Grandpa?"

„Nein", entgegnete er resigniert. „Ich wollte es auch wieder gutmachen, aber sie ließ mich nicht. Also habe ich die Scheidung eingereicht, damit sie begriff, wie ich mir vorkam."

„Und der Schuss ist nach hinten losgegangen."

Traurig zog er eine Schnute. „Genau. Was soll ich denn nun nur tun?"

Sofort fiel ihr Cameron ein, den sie bitten könnte, mit den beiden zu sprechen, immerhin schien ihre Großmutter ihn zu vergöttern, doch gleich darauf dämpfte sie ihre eigene Euphorie, schließlich war Cameron lediglich auf der Durchreise und würde bald wieder verschwinden, auch wenn diese Aussicht ein trostloses Gefühl in ihrem Magen hinterließ.

„Du solltest ihr klarmachen, wie ernst es dir mit einer Aussöhnung ist, Grandpa. Warum ziehst du die Scheidung nicht zurück und hörst damit auf, Laura Blumen und Pralinen zu schicken? Wie wäre es stattdessen, wenn du Grandma Blumen und Pralinen schickst?“

Er sah sie an, als hätte er ihr gerade ein so bedeutendes Geheimnis wie die Frage nach dem tatsächlichen Mörder von JFK, der Alienlandung in Roswell oder dem Rezept für die Buttercremetorte ihrer Urgroßmutter verraten.

„Meinst du, dass sich deine Grandma darüber freuen würde?“

Vermutlich würde sie sich mehr darüber freuen, ihn mit einem glühenden Eisen zu traktieren, so wie sie ihre Großmutter kannte, dennoch nickte sie leichthin. „Grandma ist eine Frau und wird entzückt sein, wenn du sie mit solchen Aufmerksamkeiten überraschst.“

Da es an der Tür klingelte, hatte sie eine gute Ausrede, um das Gespräch zu beenden und die erste Etage zu verlassen. Sobald sie die Tür öffnete und Cameron gegenüberstand, traten alle Gedanken an ihre

Großeltern in den Hintergrund, während sie ihn lächelnd musterte und das Herzrasen registrierte, sobald er das Lächeln erwiderte und seine Grübchen sichtbar wurden.

„Hallo.“ Er trat näher und nahm ihre Hand, um sich gentlemanlike darüber zu beugen. „Du siehst toll aus.“

„Danke.“ Mit roten Wangen, die nicht von der Wärme im Inneren des Hauses kamen, entzog sie ihm langsam die Hand, ließ ihn hinein und betrachtete den dunklen Anzug, den er trug. Zum ersten Mal sah sie ihn nicht in lässiger Kleidung und stellte fest, wie sehr es ihr gefiel, wenn er so herausgeputzt war. Eines war sicher: Die alten Damen aus Hailsboro würden auf der Stelle ohnmächtig werden, wenn sie ihn sahen. „Und du bist ja richtig festlich gekleidet.“

„Da ich auf unserer Hochzeit Jeans und Shirt trug, dachte ich, dass du mich wenigstens heute im Anzug sehen solltest.“

Anstatt aufzubrausen, verdrehte sie lediglich die Augen. „Selbst wenn du einen Anzug getragen hättest, könnte ich mich sowieso nicht mehr daran erinnern.“

Vielleicht übertrieb sie ein wenig, da sie festgestellt hatte, dass sie sich sehr wohl an einige Bruchstücke erinnern konnte, auch wenn diese mehr als lückenhaft waren. Beispielsweise erinnerte sie sich an einen Strauß Plastikblumen, den Cameron im Shop der Hochzeitskapelle gekauft hatte, und schemenhaft sah sie sogar das Elvis-Double vor sich. Außerdem wusste sie, wie sehr sie sich über den albernen Plastikring gefreut hatte, den sie am nächsten Morgen an ihrem Ringfinger entdeckt hatte. Woran sie sich jedoch überhaupt nicht mehr erinnern konnte, war ein Kuss.

Sie mochte mit Cameron verheiratet sein, aber sie hatte keinerlei Ahnung, wie er küsste.

„Bist du fertig, Cassidy?“

Mit einem Nicken deutete sie in Richtung der oberen Etage. „Ich möchte mich nur kurz von meinem Großvater verabschieden.“

„Wie geht es ihm?“

„So lala.“ Amüsiert verschränkte sie die Arme vor der Brust. „Gerade habe ich von ihm einen Einblick in die männliche Psyche bekommen.“

Neckend verlangte er zu wissen: „Und zu welchem Schluss sind Sie gekommen, Frau Doktor?“

Cassidy schüttelte kichernd den Kopf. „So etwas Verqueres habe ich selten gehört. Aber es war interessant, herauszufinden, wie ihr Männer tickt.“

„Ach?“ Überrascht hob er eine Augenbraue in die Höhe.

„Oh ja.“ Cassidy nickte vehement.

„Vielleicht sollte ich mich noch einmal mit deinem Großvater zusammensetzen, um herauszufinden, worüber ihr gesprochen habt.“

„Lieber nicht“, ächzte sie gespielt. „Wenn ich bedenke, in welchem Zustand er aus dem Pub abgeholt werden musste, nachdem er mit dir ein solches Gespräch geführt hat, verzichte ich doch lieber auf deinen Vorschlag.“

„Wir hatten nur ein paar Gläschen“, schränkte er gut gelaunt ein.

Darauf gab sie gar keine Antwort, sondern verdrehte gekonnt die Augen und ließ ihn im Flur stehen, um nach oben zu gehen und sich von ihrem Großvater zu verabschieden, der trübsinnig eine Silvester-Show mit Live-Übertragung vom Times Square schaute. Auf dem Weg hinunter betrachtete sie sich kurz im Spiegel und war sehr zufrieden mit dem schlichten schwarzen Kleid, das vorteilhaft ihre Figur betonte, sowie mit ihren dunkelbraunen Haaren, die in lockeren Wellen auf ihre Schultern fielen. Alles in allem hätte sie sich nicht wohler fühlen können. Da störten nicht einmal mehr die Strumpfhosen.

Auf der kurzen Strecke, die sie mit Cameron zu Fuß zur Stadthalle zurücklegte, bemerkte sie einmal mehr, welch netter Gesprächspartner er sein konnte und wie einfach es war, sich mit ihm zu verstehen, wenn man sich darauf einließ. Angesichts seiner unkomplizierten Art konnte sie ihrem betrunkenen Ich nicht einmal Vorwürfe machen, diesen im Grunde fremden Mann geheiratet zu haben, schließlich verstand sie mittlerweile, dass man gegen sein einnehmendes Wesen kaum ankommen konnte.

Erst als die Stadthalle vor ihnen erschien, machte sich ein mulmiges Gefühl in ihrem Magen breit. Gerne hätte sie den Abend mit Cameron verbracht, wenn die schrecklich neugierigen Bewohner Hailsboros nicht gewesen wären. So musste sie darauf achten, was sie sagte, und würde sich vermutlich nicht für eine halbe Stunde entspannen können.

Als hätte sie es geahnt, schritt ihre Großmutter sofort auf sie beide zu, als sie den traumhaft schön geschmückten Saal betraten, der zu diesem Zweck herausgeputzt worden war. Glücklicherweise hatte Cassidy eine Magen-Darm-Grippe gehabt, als über die Organisation der diesjährigen Silvesterfeier gesprochen worden war, weil sie ansonsten auch dafür eingespannt worden wäre.

„Cassidy, im neuen Jahr müssen wir beide uns sehr ernsthaft miteinander unterhalten“, begann Alma mit einer biestigen Grimasse, die sich augenblicklich in eine wimpernklimpernde Miene verwandelte, als sie sich an Cameron wandte. „Mein Junge, das ist ein wundervoller Anzug.“

„Vielen Dank, Alma.“ Er machte einen formellen Diener und ließ sich von ihrer Großmutter, die sich in ein scheußliches, braunes Kleid aus Pannesamt gequetscht hatte, artig in die Wange kneifen.

Ungläubig starrte Cassidy ihre Großmutter an und musste sich beherrschen, dass ihr nicht die Kinnlade hinunterfiel.

Cameron – dieser Schleimer – säuselte zu allem Überfluss: „Wenn Sie Lust haben, würde ich später gerne einen Ihrer Tänze reservieren, Alma."

Es fehlte nicht viel und Alma hätte ihre Enkelin vermutlich beiseite geschubst, um selbst ein Date mit dem bedeutend jüngeren Mann zu haben, der ihr Avancen machte und dabei keinerlei Glaubwürdigkeit einbüßte.

Um auf sich aufmerksam zu machen, stieß sie Cameron, bei dem sie eingehakt war, dezent in die Seite und räusperte sich vernehmlich, was auch ihre Großmutter wieder auf den Boden der Tatsachen holte. Aus ihren Tagträumen gerissen, die sich vermutlich um ein heißes Tête-à-Tête mit John F. Kennedy drehte, blinzelte Alma einmal kurz und sah Cassidy anschließend schief an.

„Ich habe dir ein wundervolles Date besorgt, meine Dame."

„Ich weiß, Grandma. Vielen Dank", erläuterte sie geduldig und verspürte zum ersten Mal das Bedürfnis, ihrer Großmutter reinen Wein über den Mann an ihrer Seite einzuschenken.

Das Doppelkinn ihrer Großmutter wabbelte heftig, da sich diese über das scheinbar undankbare Verhalten ihrer Enkeltochter maßlos aufzuregen schien. „Das meine ich auch! Aber was tust du? Du lässt deinen Großvater bei dir wohnen!"

Das musste jetzt natürlich kommen!

Sehr geduldig erklärte sie: „Grandma, wir haben heute Silvester. Lass uns doch lieber morgen darüber reden."

„Morgen? Ich werde also an nichts anderes denken können, während du dich hier amüsierst und dein Großvater einen gemütlichen Abend in deinem Haus verbringt?"

„Grandpa verbringt ganz sicher keinen entspannten Abend bei mir zu Hause", widersprach sie ihr und fühlte sich ein wenig in die Enge getrieben, zumal Cameron direkt neben ihr stand und jedes Wort verfolgen konnte. Seufzend gestand sie: „Er vermisst dich und bedauert, was er getan hat, Grandma. Könntest du nicht einmal mit ihm sprechen?"

Kategorisch schüttelte die ältere Frau den Kopf. „Nein. Auf keinen Fall."

„Grandma ..."

„Hast du vergessen, was er getan hat? Er hat mich betrogen ..."

Hilflos schluckte sie. „Das tut ihm auch sehr leid."

Es war, als hätte ihre Großmutter sie nicht einmal gehört. „Außerdem hat er die Scheidung eingereicht!"

„Aber ..."

„*Und* er schickt Laura immer noch Blumen und Pralinen!"

Sie hoffte, dass sie das Vertrauen ihres Großvaters nicht missbrauchte, als sie ihrer Großmutter erklärte: „Das tut er doch nur, um dich eifersüchtig zu machen."

„Unsinn! Dein Großvater kann von mir aus dort bleiben, wo der Pfeffer wächst!"

Cassidy presste ihre Lippen für einen Augenblick zusammen, bevor sie tadelte: „Warum musst du so stur sein, Grandma? Es ist nämlich auch nicht immer besonders einfach, mit dir auszukommen."

„Wie bitte?"

„Ja“, warf sie ihrer Großmutter vor und merkte, wie sie in Range geriet, wenn sie daran dachte, welch trauriges Gesicht ihr Großvater gemacht hatte, als er allein daheim geblieben war. „Grandpa würde sich gerne bei dir entschuldigen, aber du lässt dies ja nicht zu!“

„Ich glaube nicht, dass dich das irgendetwas angeht!“

„Und ob mich das etwas angeht, immerhin wohnt Grandpa momentan bei mir.“

Cameron neben ihr räusperte sich vernehmlich. „Meine Damen, wenn ich einen Vorschlag machen darf ...“

„Cameron“, zischte Cassidy ihm warnend zu, doch er ließ sich durch ihre augenscheinliche Wut überhaupt nicht beirren.

Er drückte ihren Arm. „Für die ganze Familie ist dies ein hochemotionales Thema. Ich denke, euch wäre am besten geholfen, wenn ihr in aller Ruhe mit einem Außenstehenden darüber redet.“

Bevor sie ihm widersprechen konnte, wandte sich ihre Großmutter an ihn, um sich zu beklagen: „Meine Familie macht *mir* Vorwürfe, obwohl Rupert derjenige ist, der mich betrogen hat. Das ist sehr unfair.“

„Alma.“ Cameron zog sie beide zur Seite, da sie immer noch mitten im Eingang der Stadthalle standen und die Aufmerksamkeit auf sich gezogen hätten, wenn jemand den Saal betreten hätte, was eigentlich jeden Moment der Fall sein konnte. „Wie kommen Sie auf die Idee, dass jemand Ihnen Vorwürfe macht?“

Einen Moment zwinkerte sie verblüfft, bevor sich ihre Miene verfinsterte. „Das ist doch sonnenklar! Meine Familie hat immer noch Kontakt zu Rupert!“

„Grandma ...“

„Cassidy hat ihren Großvater sogar bei sich aufgenommen!“

Cassidy schnappte schon nach Luft, weil sie etwas entgegnen wollte, als Cameron schon wieder ihren Arm drückte.

Er fragte wie die Ruhe selbst: „Können Sie sich keinen anderen Grund vorstellen, weshalb sich Cassidy um ihren Großvater kümmern könnte, Alma?“

Zögernd und deutlich unsicher verschränkte ihre Großmutter die Arme vor der Brust und rümpfte widerstrebend die Nase. Es dauerte ein paar Momente, bevor sie brummte: „Sie ist nun einmal sehr fürsorglich, aber ...“

„Kein Aber, Alma“, unterbrach Cameron sie zuvorkommend. „Cassidy ist fürsorglich. Was kann das in Bezug auf ihren Großvater bedeuten?“

Misstrauisch musterte Alma sie beide, bevor sie widerwillig erklärte: „Sie will sich vermutlich um ihn kümmern, weil sie sich Sorgen um ihn macht.“

„Genau – und das muss nicht bedeuten, dass sich Cassidy auf eine Seite stellt oder Ihnen kein Verständnis entgegenbringt.“

„Mhm“, gab sie zu, bevor sie nach einem Seufzen fragend murmelte: „Nimmt dein Großvater seine Tabletten? Isst er genug?“

Im ersten Moment war sie so perplex, dass sie sprachlos neben Cameron stand, bevor sie hastig meinte: „Er ... er hat etwas abgenommen, aber ansonsten ist alles in Ordnung mit ihm.“

Beinahe schroff nickte ihre Großmutter, drehte sich um und verschwand wortlos wieder im Saal.

Erstaunt, wenn nicht sogar fassungslos, drehte sich Cassidy zu Cameron um. „Was ist denn hier passiert?“

Verschmitzt kräuselten sich seine Mundwinkel. „Das passiert, wenn man miteinander redet und sich in die andere Person hineinversetzt. Solltest du auch mal probieren."

Sie kniff die Augen zusammen. „Falls es dir entgangen ist, Cameron, aber ich habe sowohl Verständnis für meine Grandma als auch für meinen Grandpa."

„Und das ehrt dich, dennoch hilft es dir nicht weiter."

Verständnislos sackten ihre Schultern hinab. „Was willst du damit sagen?"

Er trat direkt vor sie und verschlang seine Hand mit ihrer. „Du möchtest es allen recht machen, aber das hilft dir insofern nicht weiter, weil es niemanden glücklich macht – dich am allerwenigsten."

Cassidy legte den Kopf zurück und zog die Mundwinkel hinab. „Muss ich das verstehen?"

Tröstend drückte er ihre Hand. „Du willst deiner Grandma gerecht werden und für sie da sein, weil sie betrogen wurde. Gleichzeitig verstehst du deinen Grandpa und hast Mitleid mit ihm, weil er allein ist und im Selbstmitleid versinkt. Irgendwie hast du das Gefühl, dich zwischen ihnen entscheiden zu müssen. Und das reibt dich auf."

„Cameron, ich habe dich nicht als meinen Therapeuten mitgenommen." Am liebsten hätte sie ihm die Hand entzogen, doch diese hielt er unerbittlich fest. „Du musst mich nicht analysieren."

„Ich analysiere dich nicht", widersprach er ruhig. „Dir würde es sicherlich besser gehen, wenn du deine Bedürfnisse wichtiger nehmen würdest als dein Gefühl, vor allen anderen Menschen gut dazustehen."

Sie schluckte und fragte heiser: „Meinst du damit unsere Hochzeit?"

Er schüttelte den Kopf. „Eigentlich meinte ich es im Allgemeinen, aber ich finde es interessant, dass dir als Erstes unsere Hochzeit einfällt."

Ein wenig verzweifelt schaute sie ihm in die Augen. „Ich bin Kindergärtnerin, Cameron. Eltern vertrauen mir ihre Kinder an. Was würden sie wohl denken, wenn ich Hals über Kopf jemanden in Las Vegas heirate, den ich eigentlich gar nicht kenne?"

„Sicherlich werden sie denken, dass du dich Hals über Kopf verliebt hast“, gab er pragmatisch zurück.

„Nein“, widersprach sie heftig. „Sie werden mich für verantwortungslos halten und sich überlegen, ob ich weiterhin auf ihre Kinder aufpassen kann.“

„Du bist erwachsen, Cassidy, und darfst daher deine eigenen Entscheidungen treffen. Was die Leute dazu sagen, sollte dir egal sein.“

„Das sagt sich so leicht“, entgegnete sie bitter.

„Man kann nicht alles planen“, gab er zu bedenken. „Manchmal passiert einfach das Leben.“

Sie schnaubte leise. „Du klingst wie ein Glückskeks.“

„Zufälligerweise mag ich Glückskekse sehr gerne. Weißt du, was ich tue, wenn ich einen erwische, der mir nicht gefällt?“

Obwohl sie gerade ein relativ elementares Gespräch führten, starrte sie ihm wie gebannt in die Augen. „Nein, was denn?“

Seine freie Hand legte sich auf ihre Wange und löste einen Schauer in ihrem ganzen Körper aus. „Ich nehme mir einfach einen neuen Glückskeks. Das mache ich so lange, bis ich einen habe, der mir gefällt. Und es ist mir egal, ob ich dafür schräg angesehen werde, Cassidy."

Die Botschaft hatte sie verstanden, und sie biss sich auf die Unterlippe, weil sie ihm unschlüssig ins Gesicht sah und nicht wusste, was sie darauf antworten sollte. Hilflos flüsterte sie: „Trotz allem sind wir uns fremd."

„Wir sind uns nur fremd, wenn du dies zulässt."

Nervös atmete sie aus. Einerseits fühlte sie sich wohl bei ihm, konnte mit ihm reden, ohne sich verstellen zu müssen, und bemerkte, wie ihr Herz zu rasen begann, wenn er sie berührte oder einfach nur anlächelte, aber andererseits gab es diese Stimme in ihrem Kopf, die sehr vehement zu bedenken gab, dass sie ihn kaum kannte. Vor genau einer Woche hatte sie ihn in Las Vegas kennengelernt und geheiratet, erinnerte sich jedoch kaum daran. Wie konnte eine Ehe unter diesen Voraussetzungen gut gehen?

Statt einer Antwort fragte sie ihn zurückhaltend: „Möchtest du morgen mit mir zum Neujahrsbrunch meiner Familie gehen?"

Seine dunklen Augen glänzten zufrieden, während er breit lächelte. „Ja, das möchte ich sehr gerne."

Hastig wägte sie ab: „Ich ... ich meine nur, dass ... dass du, wenn du sowieso noch hier bist, auch ... auch mitkommen kannst."

Seine Miene blieb uneingeschränkt fröhlich, während er nickte. „Ich verstehe ganz genau, was du meinst."

Frustriert stieß sie den Atem aus. Im Gegensatz zu ihm gelang es ihr einfach nicht, die richtigen Worte zu finden, um das auszudrücken, was sie meinte. Eigentlich wollte sie ihm begreiflich machen, dass sie begann, ihn sehr zu mögen, und dass sie sich vorstellen konnte, mit ihm eine Beziehung zu führen, wenn sie sich weiterhin verstanden, doch gleichzeitig hatte sie nicht die Absicht, nach nur einigen Tagen eine leichtfertige Hochzeit zu akzeptieren und so eine Entscheidung übers Knie zu brechen.

„Bevor wir dort hineingehen und uns dem Tratsch der Ladys stellen, gibt es eine Sache, die ich vorher einfach tun muss", erklärte Cameron plötzlich und zog sie an sich.

Cassidy stieß einen erschrockenen Laut aus, der sofort verstummte, als er seinen Mund auf ihren presste. Ohne nachzudenken, erwiderte sie den Kuss, schmiegte sich an ihn und erlebte drei Stunden vor Mitternacht ihr ganz persönliches Feuerwerk.

8. Kapitel

1. Januar

Der Neujahrsbrunch fand wie jedes Jahr im Haus ihrer Großmutter statt. Doch im Gegensatz zu allen vorherigen Jahren gab es zwei entscheidende Unterschiede: Erstens fehlte ihr Großvater und zweitens saß Cassidy nicht allein am Tisch.

Die Abwesenheit ihres Grandpas war mittlerweile nicht mehr ungewöhnlich, immerhin war die Trennung bereits einige Monate alt, doch die Anwesenheit eines Mannes, der als ihre Verabredung vorgestellt wurde, sorgte für einige Aufregung in ihrer Familie. Nicht einmal Simon hatte an irgendeiner Familienfeier teilgenommen, schließlich war er ihr Collegefreund gewesen und hatte nie wirklich Lust gehabt, sie nach Texas in die Ferien zu begleiten. Heute kannte Cassidy natürlich den Grund für Simons stetigen Widerwillen, auch wenn sie darüber sicherlich nicht weiter nachdenken wollte.

Wichtig war nur, dass Cameron neben ihr saß und sich so benahm, als wäre er im Haus ihrer Großmutter zu Hause, während ihm deutlich anzusehen war, wie entspannt er war. Er musste nicht einmal vorgeben, gerne hier zu sein, da er es wirklich war.

Cassidy hätte sich ebenfalls sehr entspannt geben können, immerhin hatte sie gestern einen wunderbaren Abend verbracht und war mit Schmetterlingen im Bauch eingeschlafen, nachdem Cameron ihr einen weiteren nicht enden wollenden Kuss auf ihrer Veranda gegeben hatte, bevor er in sein Hotel zurückgekehrt war. Doch zwei Fragen trieben sie einfach um. Die eine Frage behandelte die Ehe ihrer Großeltern und die andere ihre eigene.

Angesichts der Unversöhnlichkeit ihrer Großmutter ging Cassidy nicht davon aus, dass ihr Großvater jemals wieder am Neujahrsbrunch teilnehmen würde, schließlich machte ihre Grandma nicht den Eindruck, dass es ihr etwas ausmachte, dass sein Platz leer blieb. Und angesichts ihres eigenen Sinns für Realität ging Cassidy nicht davon aus, dass Cameron im nächsten Jahr neben ihr säße, auch wenn sie dies nach ihrer gestrigen

Verabredung hoffte. Seine Küsse hatten sie bis in ihre Grundfesten erschüttert und ihr bewiesen, dass der Mann, der sich als ihr Ehemann entpuppt hatte, ihr alles andere als gleichgültig war.

Tatsächlich mochte sie ihn sehr.

Und einerseits war sie ihrem Großvater dankbar, dass seine Anwesenheit in ihrem Haus sie davon abgehalten hatte, Cameron mit hinein zu bitten, als er sie um zwei Uhr morgens nach Hause gebracht hatte, aber andererseits verfluchte sie ihn dafür auch.

„Möchte jemand noch etwas vom Kartoffelauflauf?"

„Anscheinend kann hier jemand meine Gedanken lesen", ließ sich Cameron neben ihr vernehmen, während er Alma seinen Teller reichte und beinahe lausbubenhaft grinste.

Ihre Großmutter war selbstverständlich begeistert, ihren neuen Liebling verwöhnen zu können, und schaufelte ihm eine riesige Portion auf den bereits voll bepackten Teller. „Ich möchte ja nicht gegen den Norden wettern, aber wir im Süden wissen noch, was Hausmannskost bedeutet", flötete sie mit rosigen

Wangen. „Wir wissen, wie wir unsere Männer bekochen müssen.“

Cassidy hustete trocken. „Grandma, die Frauen aus dem Süden wissen vor allem, wie sie ihren Männern eine Herzverfettung bereiten können.“

Selbstverständlich schnaubte ihre Großmutter abfällig. „Ein bisschen Butter und Schmalz im Essen haben noch niemandem geschadet.“

Während Cameron ihr eine Hand aufs Knie legte und damit augenblicklich ihren Pulsschlag erhöhte, verdrehte sie gekonnt die Augen. „Da würde dir der alte Mr. Clayton sicherlich widersprechen, immerhin musste er mit einem Kran aus seinem Haus befreit werden.“

„Dick Claytons Fettleibigkeit war genetisch bedingt“, behauptete ihre Großmutter, während sie sich auf ihren Stuhl sinken ließ, der ein nicht zu überhörendes Ächzen von sich gab. Leider gehörte ihre Grandma auch zu den Konsumentinnen von Butter und Schmalz.

„Ach? Und mit dem täglichen Apfelkuchen und dem Butterkonsum hatte es nichts zu tun, dass die Feuerwehr anrücken musste, als er ins Krankenhaus gebracht werden sollte?“

Anstelle ihrer Großmutter räusperte sich Cassidys Cousine Gwen amüsiert und schaute Cameron über den Tisch hinweg an. „Cassidy kann leider selbst nicht besonders gut kochen."

„Vielen Dank für das Kompliment, Gwen", ächzte sie und schnitt eine Grimasse. „Ich *kann* kochen."

„Nur nicht besonders gut", verdeutlichte ihre Großmutter, die Cameron einen geradezu flehenden Blick zuwarf, mit dem sie ihm ihr ganzes Erbe versprach, wenn er nur ihre Enkeltochter nicht verschmähte, weil diese keine Meisterköchin war. „Ich bin mir sicher, dass sie es besser könnte, wenn sie sich nur mehr Mühe geben würde. Man soll die Hoffnung bekanntlich nie aufgeben."

„Grandma, ich fürchte, du willst mich schon wieder verschachern."

„Ist das ein Problem?", fragte sie fast schon hochnäsig. „Beim letzten Mal habe ich dir immerhin ein Date verschafft, mit dem du heute hier sitzt."

Ihr lag es schon auf der Zunge, ihrer Großmutter zu sagen, dass sie den Mann an ihrer Seite auch ohne deren Unterstützung zu einem Date hätte fragen können, wenn man davon absah, dass sie bereits verheiratet waren, doch aus weiser Voraussicht verkniff sie sich jeglichen Kommentar.

Stattdessen presste sie die Lippen zusammen und starrte auf ihren Teller.

„Sei nur froh, dass Cameron und ich uns so gut verstehen, sonst hättest du Silvester allein verbringen müssen.“ Ihre Großmutter nickte hoheitsvoll.

Cassidy knirschte mit den Zähnen und hätte ihrer Großmutter am liebsten den Hals umgedreht.

„Grandma, das ist albern“, erklärte sie kategorisch.

„Natürlich ist es das nicht. Ohne mich hättest du ihn niemals angesprochen.“

„Wir alle wissen doch, wie schrecklich schüchtern du bist“, ließ sich zu allem Überfluss auch noch Gwen vernehmen, die seit ihrer Schwangerschaft um die zwanzig Kilogramm zugenommen und einen Mann an ihrer Seite hatte, der sie nur geheiratet hatte, eben weil sie schwanger geworden war. Von ihr wollte sich Cassidy nun wirklich keine Beziehungstipps anhören lassen, und sie fragte sich ernsthaft, welcher Teufel sie geritten hatte, Cameron gefragt zu haben, sie zu ihrer Familie zu begleiten. Jetzt hatte sie den Salat.

„Sagen Sie mal, Cameron." Großtante Gertrude zwinkerte ihm vertraulich zu. „So ein gut aussehender Mann wie Sie kann doch nicht immer noch Single sein. Wie alt sind Sie denn?"

Sehr charmant erwiderte er: „Ich bin einunddreißig Jahre alt."

„Gibt es in Washington etwa keine Frauen oder warum sind Sie noch unverheiratet?"

Ihre Großtante war nicht nur schrecklich nervig, sondern schaffte es auch, dass sich Cassidy augenblicklich versteifte. Ihr Entsetzen verstärkte sich noch, als Cameron unbekümmert erwiderte: „Da sind Sie falsch informiert, Gertrude."

Das Tischgespräch verstummte für einen Augenblick, bis ihre Großmutter fast schon mit einem Röcheln wissen wollte: „Sind Sie etwa verheiratet?"

Cassidy hielt die Luft an, bis Cameron mit einem Seufzen verneinte: „Nicht mehr. Mittlerweile bin ich geschieden."

„Sie sind geschieden? Wie konnte es denn dazu kommen?"

Er zuckte mit der Schulter. „Aus den üblichen Gründen, würde ich sagen. Wir haben uns auseinandergelebt und festgestellt, dass wir unterschiedliche Lebenspläne hatten."

„Das verstehe ich nicht." Allem Anschein nach war es für ihre Großmutter unverständlich, wie eine Frau sich von einem Mann wie Cameron trennen konnte, da sie stoisch den Kopf schüttelte. „Das gibt es doch nicht."

Unbemerkt verdrehte Cassidy die Augen und hätte ihr gerne ein paar Takte dazu gesagt, ließ es jedoch bleiben, um stattdessen eine Cherrytomate aufzuspießen und sich in den Mund zu schieben.

„Das tut mir sehr leid zu hören, mein Junge."

„Das ist nett, Alma, aber meine Exfrau und ich haben uns wirklich im Guten getrennt. Niemand ist auf den anderen schlecht zu sprechen."

„Wenn es doch immer so ablaufen könnte." Großtante Gertrude verzog den Mund. „Die Tochter einer Freundin hat eine schreckliche Scheidung durchgemacht."

„Scheidungen sind furchtbar", ließ sich auch Gwen vernehmen, als wäre *sie* die Paartherapeutin und nicht eine Highschoolabbrecherin. Gleich darauf schien ihr ein anderer Gedanke zu kommen, da sie fröhlich lachte. „Cassidy, stell dir vor, du würdest Cameron heiraten! Dann hießest du Cassidy Kennedy.“

„Ach Gottchen!“ Tante Gertrude klatschte begeistert in die Hände. „Was für ein entzückender Name.“

Die Cherrytomate schmeckte wie Pappe, als sie diese mit einem trockenen Lachen hinunterschluckte und das amüsierte Glucksen des Mannes neben sich bemerkte. Gerne hätte sie ihm die Gabel ins Bein gestochen und ihrer aufdringlichen Familie gesagt, dass sie weder subtil vorgingen noch davon ausgehen durften, dass sie jemals wieder einen Mann mit nach Hause bringen würde, wenn sie sich alle wie ein Psychopath benahmen, der einen Menschen ins Haus lockte, um ihn dann nicht mehr gehen zu lassen. Wäre Cameron nicht bereits ihr Mann gewesen, hätte jeder normale Mann die Flucht angetreten, wenn er bei einem zweiten Date von der Familie seiner Verabredung dermaßen in die Ecke gedrängt würde.

„Könnten wir vielleicht das Thema wechseln?“, bat sie daher mit aller Gelassenheit, die sie aufbringen konnte.

Über ihren Kopf hinweg erklärte ihre Grandma an ihn gewandt: „Cassidy hat sich vor einigen Jahren von einem jungen Mann getrennt und ist seitdem sehr vorsichtig, was Männerbekanntschaften betrifft.“

Entsetzt schnappte sie nach Luft. „Grandma!“

„Reg dich nicht auf“, wies die ältere Dame sie zurecht und warf Cameron einen schmachtenden Blick zu. „Cameron ist ein guter Junge.“

Dieser räusperte sich neben ihr und ließ seine Hand auf ihrem Knie, um dieses tröstlich zu drücken. Seine Stimme klang ruhig und sollte der plötzlich aufgeladenen Stimmung vermutlich die Schärfe nehmen. „Wie es mir scheint, sorgt sich die Familie sehr umeinander.“

Für ihre Großmutter war das der Startschuss, den Busen nach vorne zu recken und sehr gefühlvoll zu erwidern: „Das ist bei uns im Süden nun einmal so. Wir kümmern uns um unsere Familien. Leider ist Cassidy unser Sorgenkind ...“

„Ich bin niemandes Sorgenkind“, unterbrach sie ihre Großmutter aufgebracht und verschränkte die Arme vor der Brust. „Ich verdiene mein eigenes Geld, bin unabhängig und habe ein Zuhause, um das ich mich kümmere. Außerdem habe ich mehr ehrenamtliche Aufgaben als ihr alle zusammen."

Zehn Augenpaare blinzelten ihr verständnislos entgegen. Gwen, die mit wenig Verstand, aber dafür mit einem überdimensionalen Selbstbewusstsein gesegnet war, warf ihr schlecht gefärbtes Haar zurück und erklärte ihr, als sei Cassidy der Dorftrottel: „Aber du bist nicht verheiratet."

Wütend schluckte sie. „Na und? Zähle ich denn nur, wenn ich verheiratet bin und Kinder in die Welt setze?"

Natürlich hatte Gwen sie nicht verstanden, da sie die Stirn runzelte. „Eine Frau braucht einen Mann ..."

„Du vielleicht." Mit zusammengekniffenen Augen nickte sie ihr zu. „Ich komme auch allein zurecht und muss mich nicht darüber definieren, einen Mann zu haben, dessen Begeisterung sich über diese erzwungene Hochzeit sehr in Grenzen hält."

Weder Gwen noch ihr Mann Billy, der nicht einmal von den Rippchen aufsah, an denen er leidenschaftlich nagte, verstanden, was Cassidy damit sagen wollte. Dies machte Gwen sehr deutlich, als sie die Stirn runzelte und eine Schnute zog. „Ich verstehe nicht, was du meinst."

Cameron dagegen drückte warnend ihr Knie und raunte ihr zu: „Beruhig dich, Cassidy."

Sie wusste selbst, dass sie nicht ausflippen sollte, doch die scheinheilige Doppelmoral innerhalb dieser Familie ging ihr einmal mehr auf den Keks.

„Du musst nicht laut werden, Cassidy", beschied ihre Großtante tadelnd. „So etwas gehört sich nicht."

„Es gehört sich auch nicht, mich vor versammelter Mannschaft als das Sorgenkind darzustellen, obwohl ich niemals arbeitslos war und mir auch noch nie Geld pumpen musste."

Mit einem theatralischen Seufzer wollte ihre Großmutter sie besänftigen und vermutlich Cameron beeindrucken, als sie auf melodramatische Weise erklärte: „Mein Schatz, wir sorgen uns doch einfach um dich. Was soll mit dir passieren, wenn du alt bist und Hilfe benötigst?"

Cassidy holte tief Luft und antwortete so ruhig und unaufgeregt wie möglich: „Grandma, deine Sorgen ehren dich, aber ich lasse dieses Argument nicht gelten, wenn ich daran denke, dass Grandpa seit Monaten allein im Gartenhaus lebt und sich niemand aus dieser Familie die

Mühe macht, sich bei ihm zu erkundigen, ob er Hilfe braucht oder eine anständige Mahlzeit bekommt."

Neben ihrer Großmutter schnappte auch die restliche Familie nach Luft.

„Das ist doch etwas völlig anderes!"

„Ist es nicht", erwiderte sie fest. „Ihr sorgt euch nicht um mich, sondern genießt es, mich vor Cameron lächerlich zu machen."

„Was?" Der Busen ihrer Großmutter wogte vor Empörung. „Natürlich machen wir dich nicht vor ihm lächerlich!"

Cassidy ballte die Hände zu Fäusten. „Warum bringt ihr dann meine fehlenden Kochkünste, meinen Single-Status oder meinen Exfreund aufs Tapet?"

„Du solltest darüber lachen können", riet ausgerechnet Gwen ihr.

„Nein, danke." Abrupt erhob sie sich. „Ich muss an die Luft."

Wie nicht anders zu erwarten war, folgte Cameron ihr in den Garten. „Cassidy ..."

Sie unterbrach ihn mit zorniger Stimme. „Diese Familie macht mich wahnsinnig! Keiner sorgt sich darum, was mit Grandpa ist.“

Er legte ihr beide Hände auf die Schultern. „Geht es hier nur um deinen Grandpa oder auch um dich?“

Stirnrunzelnd schaute sie ihm in die dunklen Augen. „Natürlich geht es auch um mich! Du hast doch gehört, was sie gesagt haben.“

„Ich habe nur gesehen, dass du ihnen zwar die Meinung gesagt hast – vermutlich zum ersten Mal in deinem Leben –, aber dass du dennoch nicht den Mut hattest, ihnen von unserer Hochzeit in Las Vegas zu erzählen. Stattdessen hast du sie in dem Glauben gelassen, dass deine Grandma ein Date zwischen uns arrangiert hat.“

„Pst!“ Unsicher sah sie sich um und schnappte sich seine Hand, sobald sie sich sicher sein konnte, dass niemand ihr Gespräch belauscht hatte. Zügigen Schrittes zog sie ihn hinter sich her, überquerte den Rasen und betrat mit ihm im Schlepptau das Gartenhaus, das nun leer stand, da ihr Großvater ihr Gästezimmer belegte.

„Hier sind wir ungestört ...“

„Du meinst, dass wir hier über unsere Hochzeit reden können, ohne dass du Gefahr läufst, dass deine Familie spitzbekommt, dass die ledige Cassidy bereits verheiratet ist.“

Angesichts seines sarkastischen Tons verschränkte sie mit zitternden Händen die Arme vor der Brust und entgegnete mit belegter Stimme: „Diese Farce ist doch gar keine richtige Ehe.“

„Aber auch nur, weil du dich mit Händen und Füßen dagegen wehrst“, warf er ihr vor. „Anstatt dich darauf einzulassen und abzuwarten, was sich daraus entwickeln könnte, hast du einfach nur Angst, wie andere Menschen darüber urteilen könnten.“

„Du bist unfair“, flüsterte sie und musterte sein grimmiges Gesicht mit einem Kloß im Hals. Bis jetzt hatte sie ihn selten anders als fröhlich und lächelnd erlebt.

„Ich bin nicht unfair, Cassidy.“ Cameron schüttelte den Kopf. „Ich verstehe einfach nicht, wie du deine Gefühle und deine Bedürfnisse ignorierst, um es anderen Menschen recht zu machen.“

Aufgebracht wehrte sie sich gegen seinen Vorwurf, indem sie verzweifelt rief: „Das ist nicht so einfach!“

„Doch, es ist sehr einfach“, widersprach er. „Niemand kann dich verurteilen, wenn du es nicht zulässt.“

„Du weißt doch gar nicht, wie es ist, in einer Kleinstadt zu leben!“

Cameron stöhnte genervt auf und ließ die Schultern nach unten fallen. „Du hast mich einmal gefragt, warum ich dich in Las Vegas geheiratet habe.“

Sie tat es mit einer Handbewegung ab. „Wir waren betrunken ...“

„Könntest du mich bitte ausreden lassen“, bat er durchdringend. „Ich habe dich nicht geheiratet, weil ich betrunken war, und auch nicht, weil ich an Heiligabend einsam war, sondern weil ich mich Hals über Kopf in die Frau verliebt hatte, die so wunderbar aufgekratzt, offen und lebenslustig war, obwohl sie gerade vierhundert Dollar verloren hatte und eigentlich unglücklich darüber war, von ihrer Familie an den Katzentisch verbannt worden zu sein.“

Sprachlos sah sie ihn an und ließ alle Abwehrmechanismen fallen, indem sie ihre Hände sinken ließ. „Was?“

„Ein Kuss, Cassidy. Ein einziger Kuss und ich wusste, dass ich mit dir zusammen sein wollte."

Verunsichert schaute sie in seine dunklen Augen, die geradezu glühten, während seine Miene so ernst wie niemals zuvor war. Mit heiserer und nervöser Stimme wollte sie von ihm wissen: „Heißt das, dass du mich wegen eines Kusses geheiratet hast? Obwohl du nichts von mir wusstest?"

„Ich habe dich geheiratet, weil du mir so ein wundervolles Gefühl gegeben hast", erläuterte er. „Dafür musste ich dich nicht seit Jahren kennen."

„Du kanntest mich nur ein paar Stunden", versuchte sie es im scherzhaften Ton, was kläglich scheiterte.

Nun verschränkte er die Arme vor der Brust und senkte das Kinn hinab. „Soll ich dir verraten, wie meine erste Ehe aussah?"

„Cameron", bat sie erstickt, weil sie merkwürdigerweise einen Stich verspürte, sobald er von seiner ersten Ehefrau sprach. Wenn sie es nicht besser gewusst hätte, würde sie denken, dass sie eifersüchtig war, obwohl dies nicht der Fall sein konnte. „Du musst mir nichts erklären."

Er überging ihren Einwurf. „Sally und ich kannten uns ewig – seit der Highschool. Und wir waren fast genauso lange zusammen. Monatelang haben wir die Vorteile einer Hochzeit durchanalysiert und sind zu dem Schluss gekommen, dass es die logische Folgerung unserer Beziehung war, vor den Traualtar zu treten. Alles wirkte so perfekt, unsere Lebenspläne waren fast identisch und wir kannten uns in- und auswendig, aber weißt du, was wir ein Jahr nach der Hochzeit plötzlich bemerkten? Wir haben herausgefunden, dass wir zwar die besten Freunde waren, aber keine wirkliche Liebe im Spiel war."

Cassidy schluckte gegen ihre trockene Kehle an und krächzte: „Das kannst du doch nicht vergleichen."

„Vielleicht." Er schloss für einen winzigen Moment die Augen und öffnete diese wieder, um sie eindringlich anzuschauen. „Ich weiß nur, dass es Sally und mir nichts gebracht hatte, den anderen jahrelang zu kennen. Wenn wir uns geküsst haben, gab es kein Feuerwerk. Aber wenn ich dich küsse, Cassidy, habe ich das Gefühl, innerlich zu verbrennen."

Atemlos sah sie ihn an und hätte sich am liebsten an irgendjemanden festgeklammert, da ihre Knie butterweich waren. „Cameron ... meinst du das ernst?“

„Sonst würde ich es nicht sagen, oder?“

Aufgeregt fuhr sie sich über die Lippen und flüsterte mit Schmetterlingen im Bauch: „Wir ... wir müssen ja niemandem sagen, dass wir in Las Vegas geheiratet haben.“

Seine Antwort bestand aus einer hochgezogenen Augenbraue.

Sie nickte und trat einen Schritt näher. „Wenn ... wenn wir ... ein Paar sein wollen, muss ja niemand erfahren, dass wir eigentlich ein Ehepaar sind. Niemand wird wissen, dass wir geheiratet haben, als wir uns noch gar nicht kannten.“

Nach einigen Sekunden fragte er mit düsterer Stimme: „Sehe ich das richtig? Du schlägst gerade vor, dass wir beide eine Beziehung führen und niemandem erzählen, wie wir uns wirklich kennengelernt haben?“

„Genau.“ Mit einem schwachen Lächeln streckte sie eine Hand aus und legte sie ihm auf die Brust. „Dieses

Feuerwerk, von dem du sprichst, Cameron, habe ich auch, wenn du mich küsst."

„Trotzdem ist es dir wichtiger, was die Leute sagen. Richtig?"

„Nein." Sie schüttelte hastig den Kopf und bemerkte, dass er sich ihr entzog. „Es tut doch niemandem weh, wenn wir unsere Blitzhochzeit verschweigen."

„Doch, mir tut es weh, weil es etwas schlechtmacht, was mir sehr viel bedeutet, Cassidy."

„Aber ..."

„Du magst das, was in Las Vegas passiert ist, als eine Katastrophe bezeichnen, für die man sich schämen muss, aber ich empfinde anders."

„Die Leute werden ..."

„Die Leute hat es nicht zu interessieren, was wir tun."

Sein Unverständnis verursachte ihr Magenschmerzen, also erklärte sie vorsichtig: „Ich möchte dir doch nicht wehtun, Cameron, und ich schäme mich nicht für das, was in Las Vegas geschehen ist ..."

„Dann verstehe ich nicht, warum du es nicht einfach sagen kannst."

Frustriert biss sie sich auf die Lippen. „Weil die Leute ...“

„Ganz genau“, unterbrach er sie hitzig. „Weil dir die Leute wichtiger sind als deine eigenen Wünsche. Du möchtest es allen recht machen, aber so funktioniert es nun einmal nicht immer! Anstatt irgendeinem Ideal hinterher zu eifern, solltest du lieber an dich denken.“

Mittlerweile fühlte sie sich von ihm derart in die Ecke gedrängt, dass auch sie unerwartet hitzig reagierte. „Du kannst mich nicht zwingen, allen die Wahrheit zu erzählen.“

„Das stimmt“, erwiderte er leise. „Aber ich muss auch nicht hierbleiben und mit ansehen, wie du allen anderen und dir selbst etwas vormachst.“

Erschrocken musterte sie ihn und fragte mit klopfendem Herzen: „Was soll das heißen?“

„Das bedeutet, dass ich dich nicht für jemanden gehalten hätte, der sich selbst verleugnet.“

„Cameron ...“

Er schüttelte den Kopf, als sie auf ihn zutrat und ihn berühren wollte. „Wenn du mir etwas sagen willst, findest du mich im Hotel.“

9. Kapitel

2. Januar

Einen Tag später war das Hotelzimmer leer.

Cassidy stand vor dem ordentlich gemachten Bett und griff mit steinerner Miene nach dem Briefumschlag, der auf der fröhlichen Tagesdecke lag. Wie in Zeitlupe öffnete sie das Kuvert und merkte, wie ihr Herz für einen Moment aussetzte, als sie im Inneren nicht nur einen Brief und einen Annullierungsantrag, sondern auch den hässlichen Plastikring fand, der für den Hautausschlag verantwortlich gewesen war, der nur dank einer Kortisonsalbe verschwunden war.

Langsam setzte sie sich auf das Bett und holte den Brief heraus, um ihn mit zittrigen Fingern zu öffnen.

Liebe Cassidy,

da ich weiß, dass du unsere Ehe so unkompliziert wie möglich beenden willst, habe ich gestern einen Anwalt gefunden, der mir versichert hat, dass im Staat Nevada eine Annullierung möglich ist, wenn einer der Ehepartner physisch nicht in der Lage war, das Eheversprechen aus freiem Willen abzugeben. Daher werde ich bezeugen, dass du aufgrund deines Alkoholkonsums gar nicht hättest verheiratet werden dürfen, falls diese Annullierung vom Gericht nicht akzeptiert wird. Dennoch war der Anwalt der Meinung, dass sie problemlos über die Bühne gehen sollte. Du musst lediglich an den gekennzeichneten Stellen unterschreiben und die Papiere an die angegebene Adresse schicken.

Niemand wird auf diese Weise erfahren müssen, was passiert ist, als du Weihnachten in Las Vegas verbracht hast.

Vielleicht hattest du recht, als du meintest, dass man seinen Partner kennen sollte, bevor man sich entschließt, diesen zu heiraten. Vielleicht hattest du auch unrecht. Ich weiß nur, dass ich mir vorstellen konnte, mein restliches Leben damit zu verbringen, herauszubekommen, wer du bist.

Dein Weg sieht anders aus, also scheinen wir doch nicht besonders gut zueinanderzupassen.
Ich wünsche dir, dass du dein Glück findest und es behältst.

Cameron

Tränenblind legte sie den Brief beiseite und ergriff den mehrseitigen Annullierungsantrag, auf dem sie seine Unterschrift erkennen konnte. Sie hatte Cameron dazu gedrängt, die Scheidung einzureichen, seit er vor ihrer Tür erschienen war. Panisch hatte sie nur daran denken können, was passieren würde, wenn jemand herausfand, was in Las Vegas geschehen war. Doch im Grunde hatte sie nicht weitergedacht. Bislang hatte sie sich nicht ein einziges Mal die Frage gestellt, was *sie* wollte. Vielleicht wollte sie den Mann, der zwar ihr Ehemann, aber trotzdem ein Fremder für sie war, tatsächlich aus ihrem Leben streichen. Vielleicht wollte sie ihn jedoch kennenlernen und herausfinden, was sie dazu getrieben hatte, ihm das Ja-Wort zu geben. Vielleicht wollte sie darauf pfeifen, was andere über sie dachten, und einfach nur an sich denken.

Was auch immer sie wollte, eines war gewiss: Cassidy wollte nicht, dass Cameron einfach aus ihrem Leben verschwand.

Wenige Sekunden später packte sie alles – einschließlich des Rings – zurück in den Briefumschlag und machte sich auf den Weg nach Hause.

Nur einige Meter von dem Hotel entfernt trat ihr ein Mitglied des Festkomitees in den Weg und meinte zuversichtlich: „Cassidy, wie schön, dass ich dich treffe. Annie hat mich gestern angerufen und erzählt, dass ihre Jüngste ab März zweimal in der Woche zum Reitunterricht gefahren werden muss. Also kann sie sich nicht länger um die Organisation des Sommerfestes kümmern. Du würdest uns sehr helfen, wenn du das übernehmen könntest.“

Hektisch wollte Cassidy an Sue einfach vorbeigehen, doch die stand ihr so sehr im Weg, dass sie nicht einfach vorbeihuschen konnte. Daher schüttelte sie knapp den Kopf.

„Tut mir leid, aber das geht nicht.“

Sue schien mit allem gerechnet zu haben, nur nicht mit einer Absage, da sie eulenartig blinzelte und den Mund offen stehen ließ. Sie konnte nur froh sein, dass es im Januar zu kalt für die Fliegenschwärme war, die Texas im Sommer bevölkerten, da ihr ansonsten welche sicherlich in den Mund geflogen wären.

„Wie ... wie meinst du das?“

Cassidy vollführte eine Geste der Ungeduld. „Ich werde Annies Job nicht übernehmen, schließlich habe ich genug zu tun.“

Mit einem unangebrachten Kichern erwiderte Sue: „Aber du hast keinen Mann und kein Kind ...“

Wutschnaubend verengte Cassidy die Augen. „Erstens hast du nicht darüber zu entscheiden, wofür ich Zeit habe, und zweitens habe ich sehr wohl einen Ehemann.“

Bevor Sue aus ihrer fassungslosen Starre erwachen konnte, ließ Cassidy sie einfach stehen und machte sich hastig auf den Weg nach Hause. Ihr klopfte das Herz bis zum Hals, außerdem wusste sie selbst nicht, was sie zu tun gedachte. Nur eines war ganz sicher: Sie wollte Cameron nicht so ohne Weiteres verlieren.

Daher stürmte sie in ihr Haus, rannte die Treppen hinauf und riss die Tür zum Gästezimmer auf, um ihrem Großvater mitzuteilen, dass sie nach Washington fliegen wolle, als sie sich mit einem erschrockenen Aufschrei die Hände vor die Augen schlug.

„Oh mein Gott!“ Blitzschnell drehte sie der Szene den Rücken zu und konnte nichts anderes erwidern als: „Oh mein Gott!“

„Cassidy“, empörte sich ihre Großmutter laut und deutlich. „Was um Himmels willen tust du hier?“

„Ich wohne hier“, echote sie aufgebracht und taumelte mit geschlossenen Augen orientierungslos auf die Tür zu. Der Anblick ihrer nackten Großeltern hatte ihr nicht nur einen Schock versetzt, sondern löste in ihr das Bedürfnis aus, das Bild, das sie immer noch vor Augen sah, mit einem glühenden Eisen aus ihrem Gehirn zu entfernen. „Was tut ihr hier?!“

„Deine Großmutter und ich versöhnen uns gerade“, verriet ihr Großvater zufrieden, was Cassidy einmal mehr vor Grauen erschaudern ließ.

„Rupert“, tadelte seine Frau ihn. „Cassidy geht es nichts an, was wir tun.“

„Oh doch“, schnaufte diese und hielt sich weiterhin die Augen zu, auch wenn sie den beiden den Rücken zugedreht hatte. „Mich geht es etwas an, was ihr da auf meiner Tagesdecke tut!“

Allein der Gedanke an die handgearbeitete Decke, die sie auf einem Basar in Huntsville gekauft und gehegt und gepflegt hatte und die nun sozusagen Zeuge der Wiedervereinigung ihrer beinahe achtzigjährigen Großeltern geworden war, ließ sie erschaudern. Ihr würde nichts anderes übrig bleiben, als sie zu verbrennen. Doch selbst dieses Vorgehen würde nicht das Bild ihrer nackten Großmutter und ihres nackten Großvaters aus ihrer Erinnerung löschen können. Und es hinderte Cassidy auch nicht davor, zu der Erkenntnis zu gelangen, dass ihre Großeltern trotz ihres fortgeschrittenen Alters noch sehr gelenkig waren.

„Könntet ihr euch bitte etwas anziehen?“

„Dein Großvater und ich möchten allein sein“, beschied ihre Großmutter gebieterisch, während das verräterische Kichern ihres Großvaters weitere Bilder vor Cassidys Augen aufsteigen ließ, die sie mit aller Macht zu unterdrücken versuchte.

„Bitte keine Einzelheiten!“, flehte sie inbrünstig, streckte vorsichtig eine Hand aus und tastete sich an der Wand in Richtung Zimmertür vor.

„Stell dich nicht so an“, motzte ihre Grandma aufgebracht. „Auch alte Menschen haben Sex.“

Cassidy zog die Schultern hoch. „Das kann sein, aber normalerweise kommt es in meinem Gästezimmer relativ selten vor.“

„Still, du Frechdachs“, lachte ihr Großvater so entspannt, wie sie ihn vermutlich niemals zuvor erlebt hatte. „Deine Großmutter wollte gerade ...“

„Rupert!“

„Oh Gott“, stöhnte Cassidy alarmiert. „Ich bin schon weg!“

Ihr Grandpa fügte hinzu: „Und klopf vor ein paar Stunden nicht an.“

Sie hob eine Hand und antwortete schwach: „Das Haus gehört euch. Ich fliege nach Washington.“

„Was willst du denn in Washington?“

Da sie ihrem Großvater weder die Versöhnung mit seiner Frau noch den Sexnachmittag verderben wollte, sah sie davon ab, ihrer Großmutter reinen Wein einzuschenken. „Das erkläre ich dir ein anderes Mal."

„Cassidy", erklang die biestige Stimme ihrer Grandma hinter ihr. „Was willst du in Washington? Besuchst du etwa Cameron?"

„Bingo", rief sie und fand zu ihrer Erleichterung endlich die Tür.

Leider sah ihre Großmutter das Gespräch nicht als beendet an. „Aber warum das denn?"

„Alma, lass das Kind doch in Ruhe."

„Aber ich verstehe nicht ..."

Cassidy räusperte sich vernehmlich. „Grandma, kümmere du dich um deinen Mann. Ich tue das Gleiche mit meinem."

Zum ersten Mal in ihrem Leben hatte sie es geschafft, ihre Großmutter sprachlos zurückzulassen.

4. Januar

Camerons Anblick, als er seine Wohnungstür öffnete und sie irritiert anschaute, gab ihr die Gewissheit, dass sie richtig lag. Seine Augenringe und der erschöpfte Ausdruck in seinen dunklen Augen sagten ihr, dass er ebenso schlaflose Nächte hinter sich hatte wie sie. Pure Erleichterung durchströmte sie, als ihr klar wurde, dass er sie vermisst haben musste.

Ohne ihm die Möglichkeit zu geben, sich ihr in den Weg zu stellen, drängte sie sich an ihrem überraschten Ehemann vorbei in seine Wohnung, hielt sich nicht damit auf, seine Einrichtung zu mustern, sondern überreichte ihm ein kleines Paket.

„Was ... was ist das?“ Er räusperte sich, schloss die Tür und fuhr sich durch sein zerzaustes Haar. „Cassidy, was tust du hier?“

„Ich habe dir deinen heiß geliebten Zitronenkuchen mitgebracht. Bessie meinte, dass du diesen am liebsten isst.“

Verwirrt schüttelte er den Kopf und machte den Eindruck, dass er gerade erst wach geworden war. Dafür sprachen auch sein zerknautschtes T-Shirt und die hellblauen Boxershorts, in denen er ihr die Tür geöffnet hatte. „Ich verstehe nicht ...“

Sie holte tief Luft, schälte sich aus ihrer Winterjacke und war froh, dass es in seiner Wohnung anheimelnd warm war. Für eine gebürtige Texanerin waren die Januartemperaturen in Washington ein Schock.

„Ich bin in die Bäckerei gegangen und habe Bessie gefragt, ob sie wüsste, welchen Kuchen mein Mann am liebsten isst. Daraufhin gab sie mir den Zitronenkuchen, den ich als Handgepäck mit nach Washington genommen habe.“

Wieder schüttelte er sich, starrte auf den rosafarbenen Karton in seiner Hand und hob anschließend den Blick, um ihr ins Gesicht zu sehen. Seine Stimme klang kratzig, als er ungläubig fragte: „Was hast du getan?“

„Ich habe Zitronenkuchen gekauft ...“

„Cassidy.“ Er stellte den Karton auf eine Kommode und schenkte ihr anschließend seine volle

Aufmerksamkeit. „Wie hast du mich vor Bessie genannt?“

„Meinen Mann.“ Sie schluckte ein paar Tränen hinunter. „Washington gefällt mir ausnehmend gut. Vermutlich gibt es hier ziemlich viele Kindergärten, oder?“

Nach einem kurzen Moment nickte er ernst, auch wenn das Funkeln in seinen Augen als übersprudelnd zu bezeichnen war. „Das nehme ich an.“

„Und vermutlich werden Kindergärtnerinnen auch hier gebraucht.“

„Vermutlich.“

Mit holpriger Stimme fragte sie nach: „Außerdem sollte es keine Schwierigkeit sein, hier eine Wohnung zu bekommen, oder?“

Sofort schüttelte er den Kopf. „Der Wohnungsmarkt in Washington ist eine Katastrophe.“

„Oh.“

Cameron machte einen Schritt auf sie zu und legte eine Hand auf ihre Wange, bevor er mit einem kleinen Lächeln vorschlug: „Dir wird nichts anderes übrig bleiben, als zu mir zu ziehen, Cassidy, wenn du in Washington leben willst."

Der Kloß in ihrer Kehle wurde immer größer, als sie wie hypnotisiert in seine Augen schaute und dafür den Kopf ein wenig zurücklegen musste. „Willst du das denn?"

„Ich will dich", entgegnete er schlicht. „Ob hier oder in Hailsboro ist mir egal."

Zittrig holte sie Luft und machte einen winzigen Schritt auf ihn zu. „Was passiert, wenn wir nicht zueinanderpassen?"

„Wir haben ein ganzes Leben, um das herauszufinden", warf er leise ein.

Ein paar Sekunden sagte Cassidy nichts und starrte ihn unergründlich an, bevor sie sich auf die Zehenspitzen stellte und die Arme um seinen Nacken schlang. „Ich habe ein paar Bedingungen."

„Die da wären?"

Er mochte dies komisch finden, aber sie klang bitterernst, als sie aufzählte: „Erstens möchte ich nicht, dass du den Kuchen anderer Frauen mehr lobst als meinen. Selbst wenn er dir nicht schmeckt, wirst du beteuern, dass er das Beste ist, was du jemals gegessen hast.“

Lachend nickte er. „Ich verspreche es! Selbst wenn ich mit einer Lebensmittelvergiftung in der Notaufnahme liege, werde ich nicht müde werden, deine Back- oder Kochkünste zu loben.“

Cassidy nickte zufrieden. „Zweitens möchte ich einen Ring haben, von dem ich keinen Ausschlag bekomme. Es kann meinetwegen wieder ein Ring aus dem Automaten sein, nur möchte ich einen Ehering tragen, von dem mir nicht der Finger abstirbt.“

„Wird gemacht“, beteuerte er feierlich.

„Und drittens“, fügte sie mit einem leisen Lächeln hinzu, „möchte ich dich irgendwann noch einmal heiraten – damit auch ich eine Erinnerung daran habe, wie ich dir das Ja-Wort gegeben habe.“

„Ich denke, dass sich dies einrichten lässt“, murmelte er und zog sie an sich, um ein weiteres Feuerwerk zu zünden, obwohl der Unabhängigkeitstag erst in genau sieben Monaten anstand.

Epilog

„Ich habe euch gleich gesagt, dass das Leben in der Großstadt nichts ist. Wenn ihr auf mich gehört hättet, wäre euch dieser Umzug erspart geblieben.“

„Wir hätten dennoch Kisten packen müssen, um Camerons Sachen nach Texas zu schaffen, Grandma.“

Alma schnalzte mit der Zunge. „Vor einem Jahr bist du nach Washington gezogen, und jetzt kommt ihr beide zurück. Das verstehe, wer will.“

Cameron enthielt sich der Diskussion zwischen seiner Frau und deren Großmutter und saß gemütlich auf seinem Denkersessel, den er erst vor wenigen Minuten in das Wohnzimmer seines neuen Hauses geräumt hatte, und nahm von Cassidy die Flasche Bier entgegen, die sie ihm reichte. Nachdem er einen kurzen Schluck genommen hatte, ergriff er ihre Hand und zog sie kommentarlos auf seinen Schoß, was sie ihm mit einem Kichern durchgehen ließ.

Lässig schlang er einen Arm um die Taille seiner Frau und drückte ihr einen Kuss hinter das Ohr, bevor er sich zurücklehnte und es genoss, sie einfach in seiner

Nähe zu wissen. Der kleine zufriedene Laut, den sie dabei ausstieß, ließ sein Herz aufgehen. Obwohl überall im Haus gewerkelt wurde und unzählige Familienmitglieder, Nachbarn und neugierige Stadtbewohner ständig ihre Köpfe ins Haus steckten, um kurz Hallo zu sagen, hatte sich Cameron selten so entspannt gefühlt. Der Grund dafür saß gerade auf seinem Schoß und streichelte über seinen Handrücken.

„Sei doch froh, dass wir wieder da sind, Grandma."

Selbst der Anblick ihrer glücklichen Enkelin auf dem Schoß ihres liebsten JFK-Doubles stimmte Alma nicht fröhlicher. „Ihr hättet einen Haufen Mietkosten sparen können, wenn ihr gleich in Hailsboro geblieben wärt. Was sollte dein Umzug nach Washington überhaupt, Cassidy? Dein Haus stand ein ganzes Jahr lang leer."

„Und jetzt wohnen wir wieder drin." Unbeeindruckt zuckte seine Frau mit der Schulter. „Cameron eröffnet in Huntsville eine Praxis, Grandma, deshalb ergab sich eine Möglichkeit, wieder hierherzuziehen. Vorher hatte er einen Job in Washington. Was gibt es daran nicht zu verstehen?"

Er versteckte ein Lächeln hinter ihrem Rücken. Die alte Dame hatte bereits vor einem Jahr entsetzlich gemosert, als Cassidy sich entschieden hatte, bei ihm in Washington zu bleiben. Natürlich hätte er es niemals öffentlich gesagt, aber der Abstand zu ihrer sich einmischenden Familie hatte Cassidy sehr gutgetan. Außerdem hatte es ihrer Ehe gutgetan, nur unter sich zu sein. Die Zweisamkeit war extrem wohltuend gewesen, da sie beide sich kennengelernt hatten, ohne dass ein neugieriges Familienmitglied seine Nase in ihre Angelegenheiten gesteckt hätte und ohne dass Cassidy der Meinung gewesen wäre, sich für ihre Familie aufzureiben. Mittlerweile ging sie sehr viel offensiver mit anstrengenden Forderungen ihrer Verwandten um und hatte keine Skrupel, einfach Nein zu sagen.

Bis auf ihre Großmutter hatten dies alle begriffen. Alma dagegen würde vermutlich niemals ein Einsehen haben, doch dank ihres Mannes war sie glücklicherweise viel zu schnell abgelenkt, um lange Stress zu verbreiten.

Da sie zudem überaus glücklich darüber war, dass Cameron ihr Schwiegerenkelsohn war, blieben Cassidy und er von allzu vielen Nörgelattacken verschont.

„Eine Schulfreundin wohnt in Huntsville“, erläuterte die alte Dame nun laut und deutlich. „Allein in den letzten sechs Monaten gab es in ihrer Gemeinde drei Ehepaare, die sich scheiden lassen wollen. Wenn ihr mich fragt, werden sie Cameron die Bude einrennen.“

„Du weißt aber schon, dass ich nicht nur Paartherapeut bin, oder, Alma?“

Sie schnaubte. „Die Leute bilden sich heute viel zu viel auf ihre Psyche ein und rennen zum Arzt. Früher war das anders. Früher musste man die Familie durchbringen und hatte keine Zeit, sich irgendwelche Depressionen einzubilden und zum Arzt zu gehen, um dort auf einer Couch zu liegen und über die eigene Kindheit zu jammern. Aber wenn ihr dadurch reich werdet, soll es mir recht sein!“

Beinahe hätte er sich vor Lachen gekringelt, konnte es jedoch so lange unterdrücken, bis Cassidys Großmutter den Raum verlassen hatte. Sobald sie verschwunden war, brach er in dröhnendes Gelächter aus und hielt seine Frau auf seinem Schoß fest, die nicht weniger lachte als er.

„Ich liebe deine Grandma. Sie ist so herrlich politisch unkorrekt.“

„Du liebst sie nur, weil du ihr Goldjunge bist“, entgegnete sie und wischte sich eine Lachträne aus dem Augenwinkel, während sie seitlich auf seinen Schoß rutschte, um ihm ins Gesicht zu sehen.

„Hast du gar kein schlechtes Gewissen, dass du ihr immer noch nicht gesagt hast, warum wir wirklich nach Hailsboro gezogen sind?“ Federleicht legte er seine Hand auf ihren Bauch und spürte das gleiche Glücksgefühl, das in ihm aufstieg, als der Arzt ihnen das erste Ultraschallbild ihres Babys gezeigt hatte.

„Lass sie ein wenig schmoren“, erwiderte Cassidy weich. „Ihretwegen feiern wir schließlich auch hier unsere zweite Hochzeit und nicht in Las Vegas, wie ich es eigentlich geplant hatte.“

„Deshalb bin ich deiner Grandma sowieso zu ewigem Dank verpflichtet, mein Schatz“, grinste er belustigt.

„Ach?“ Überrascht zogen sich ihre geschwungenen Augenbrauen in die Höhe. „Wieso das?“

„Na ja.“ Zärtlich streichelte er ihre Hüfte. „Ich weiß, wie schlecht du an den Spieltischen bist. Eine weitere

Hochzeit in Las Vegas hätte mich in den Ruin getrieben. Von demolierten Hotelzimmern ganz zu schweigen.“

„Du Komiker“, antwortete sie trocken und beugte sich vor, um ihm einen Kuss auf die Lippen zu drücken.

Selbst nach einem Jahr fühlte es sich an, als explodierte ein Feuerwerk in seinem Inneren. Cassidy zu berühren, machte ihn noch immer unsagbar glücklich und verursachte gleichzeitig ein Kribbeln in all seinen Gliedern. Ungefähr so musste sich ein Stromschlag anfühlen.

Ihre Stimme war nur ein Hauch, als sie gegen seine Lippen flüsterte: „Bereust du etwa deinen Trip nach Las Vegas?“

Lächelnd schüttelte er den Kopf. „Wie könnte ich?“

„Weißt du, woran ich gestern denken musste, Cameron?“

„Meine hellseherischen Fähigkeiten habe ich leider in Washington gelassen“, feixte er und erntete ein Schnauben, das er mit einem weiteren Kuss auf ihre Lippen beantwortete.

„Ich habe mich gefragt, was wir unserem Baby einmal über unsere erste Begegnung erzählen wollen", nuschelte sie unschlüssig.

Camerons Hand fuhr in ihr Haar und zwang sie sanft dazu, ihm ins Gesicht zu sehen. „Das ist sehr einfach. Wir werden erzählen, dass ich dich geküsst habe und sofort wusste, dass ich Hals über Kuss in dich verliebt war."

Mit sanft geröteten Wangen biss sie sich auf die Unterlippe und lächelte. „Du meinst Hals über *Kopf*, richtig?"

„Hals über *Kuss*", erwiderte er ernst. „Ein Kuss und es war um mich geschehen."

Zufrieden bettete sie ihr Gesicht an seine Schulter. „Das ist eine schöne Geschichte."

„Auf jeden Fall ist sie besser als die Geschichte mit dem Spiegel über unserem Hotelbett."

Ihr Lachen ließ auch ihn lächeln. Glücklich schloss er die Augen und blendete das Gezeter seiner Schwiegergroßmutter aus, die ihren Mann dabei erwischt hatte, das letzte Stück Kuchen gegessen zu haben.

Weitere Romane von Poppy J. Anderson

Hailsboro-Reihe

„Beim zweiten Mal küsst es sich besser“ (Band 1)

Eigentlich hatte Kate vorgehabt, sich in der osttexanischen Kleinstadt, in der sie aufgewachsen ist, von dem Schock zu erholen, ihren Verlobten nackt auf ihrer Couch mit der gemeinsamen Nachbarin erwischt zu haben, und etwas Abstand zwischen sich und das Großstadtchaos von Los Angeles zu bringen. Dass ihre Großmutter die besten Kuchen der Welt backt, ist da nur von Vorteil, schließlich wünscht sich Kate, etwas bemuttert und umsorgt zu werden. Unglücklicherweise findet sie sich prompt im Kleinstadttratsch wieder, da ihr ein Flirt mit dem Highschoolfootballtrainer Hugh unterstellt wird! Ausgerechnet mit Hugh, ihrem ehemals besten Freund, der das Privileg besessen hatte, ihr nicht nur den ersten Kuss zu geben, sondern auch andere erste Male mit ihr zu erleben. Doch mit der ersten Liebe ist es wie mit einem Kuchenrezept. Manchmal klappt es beim ersten Anlauf nicht, doch dafür schmeckt der zweite Versuch köstlich.

„Nachträglich ins Glück“ (Band 2)

Sam Richards liebt ihren Beruf und geht darin auf, sich als Kinderärztin um ihre kleinen Patienten zu kümmern. Dass ihr Privatleben darunter leidet, macht ihr nichts aus, da sie es vorzieht, allein zu bleiben. Jeder trifft einmal im Leben seine große Liebe – auch Sam durfte dies erleben und wurde so tief verletzt, dass sie sich nicht vorstellen kann, dies noch einmal durchmachen zu müssen. Sie ist vollauf zufrieden, eine neue Stelle im osttexanischen Hailsboro angenommen zu haben und das Kleinstadtleben zu genießen. Doch plötzlich trifft sie auf Drew und macht eine Entdeckung, die ihr ganzes Leben auf den Kopf stellt.

„Ein Hinterwäldler zum Verlieben“ (Band 3)

June badet in Selbstmitleid, als ausgerechnet sie dazu auserkoren wird, sich um ihre verrückte Großtante zu kümmern, die in der Einöde von Texas lebt und nach einem mehr als peinlichen Unfall Hilfe bei der Bewältigung ihres Alltags benötigt. Ihr bleibt nichts anderes übrig, als in den sauren Apfel zu beißen und nach Hailsboro zu fahren, um dort die Kleinstadtlangeweile zu ertragen. Als wäre das nicht schlimm genug, fährt sie an ihrem ersten Tag einem dieser Hinterwäldler in den bereits zerbeulten Truck und erntet dabei die Aufmerksamkeit der ganzen Stadt. Zu allem Unglück schleicht sich ausgerechnet dieser wortkarge Dorftrottel ständig in ihre Gedanken hinein, wenn sie ihrer Arbeit nachgeht. Da ist es kein Wunder, dass die Protagonisten ihrer schnulzigen Historiengeschichten frappierende Ähnlichkeiten mit dem Mann haben, der zwar kaum ein Wort über die Lippen bringt, aber verdammt gut küssen kann.

New York Titans-Reihe

„Verliebt in der Nachspielzeit“ (Band 1)

erschienen im Juli 2013

Hanna Dubois kann es nicht glauben! Ihre erste Woche in New York City hält einige Überraschungen für sie bereit: Sie bekommt das heiß ersehnte Stipendium, wird in einen Autounfall, den Paparazzi verursacht haben, verwickelt und lernt dabei John kennen - das Bild von einem Mann. Sie verliebt sich Hals über Kopf in den berühmten ehemaligen Quarterback, dessen Schritte ständig von Pressevertretern überwacht werden. Eine wahre Hetzjagd auf Hanna beginnt, an der die Beziehung der beiden zu zerbrechen droht ...

Seitenzahl: 272

„Touchdown fürs Glück“ (Band 2)

erschienen im November 2012

Julian Scott ist der talentierte und neue Footballspieler der New York Titans, dessen Leben nicht schöner sein könnte. Er ist auf dem Höhepunkt seiner Footballkarriere, die Frauen laufen ihm scharenweise hinterher und finanziell kann er auch nicht klagen.
Liv Gallagher ist die erfolgreiche und angesehene Architektin einer New Yorker Agentur, deren Leben strikt geordnet ist. Sie lebt für ihren Beruf, macht sich wenig aus den Männern, die ihr nachschauen, und konzentriert sich lieber auf ihre Karriere.
Julian und Liv sind grundverschieden und doch waren sie früher ein glückliches Ehepaar. In New York treffen sie zufällig aufeinander und müssen feststellen, dass immer noch die Funken fliegen, wenn sie sich sehen ... wäre da nicht ein dunkles Geheimnis aus ihrer Vergangenheit.

Seitenzahl: 454

„Make Love und spiel Football“ (Band 3)

erschienen im Januar 2013

Der Footballgott muss sich mit den New York Titans wohl einen Witz erlaubt haben, als er die Tochter des verstorbenen Teambesitzers zur neuen Chefin ernannt hat! Das glaubt jedenfalls Brian Palmer, Quarterback und Kapitän der Titans, als sich die skandalbehaftete Teddy MacLachlan mit Hippiekleidung, Bauchnabelpiercing und Flipflops dem Team vorstellt. Frauen können in der Welt des Footballs nicht bestehen, vor allem nicht wenn sie auf Räucherstäbchen und Meditationen abfahren. Football bedeutet Krieg, da haben Frauen nichts zu suchen – Brian hat keine Skrupel, das seiner neuen Chefin ins Gesicht zu sagen, doch die bricht wider Erwarten nicht in Tränen aus, sondern grinst ihn frech an. Anders als der Rest der Frauenwelt, die sich dem heißen Quarterback an den Hals wirft, legt sich Teddy mit ihm an und schlägt ihn mit den eigenen Waffen.

Seitenzahl: 393

„Verbotene Küsse in der Halbzeit“ (Band 4)

erschienen im September 2013

Erin Hamilton hat klare Zielvorstellungen vor Augen und weiß, wohin ihr Weg gehen wird ... wären da nicht ständig Komplikationen, die ihr das Leben erschweren.

Zum einen gibt es da ihre jüngere Schwester, deren überdimensionale Hochzeit jeden vernünftigen Rahmen zu sprengen droht, dann treibt ihre sexuell orientierungslose Mitbewohnerin sie beinahe in den Wahnsinn und Geldsorgen hat Erin auch noch. Zu allem Überfluss muss sie mit dem verantwortungslosen und arroganten Tom Peacock klarkommen, der sie als Kindermädchen für seine vierjährige Tochter engagiert, damit er sich nicht selbst um die Kleine kümmern muss.

Der berühmte Footballspieler ist es gewöhnt, seinen Willen durchzusetzen und das zu bekommen, was er haben will. Doch bei Erin beißt er auf Granit, denn sie ist alles andere als beeindruckt von ihm und zeigt dies deutlich. Sie zwingt ihn dazu, Zeit mit seiner süßen

Tochter zu verbringen. Ob Tom gegen so viel Weiblichkeit um ihn herum eine Chance hat?

Seitenzahl: 394

„Knallharte Schale – zuckersüßer Kerl (Band 5)

erschienen im Dezember 2013

Dupree Williams ist ein knallharter Footballspieler, der bei seinen Gegnern Angst und Schrecken auslöst. Nicht umsonst gilt er als "menschlicher Bulldozer". Doch niemand kann sich vorstellen, dass Dupree unter extremer Schüchternheit leidet und nicht weiß, wie er mit Frauen sprechen soll. Zu sehr nagt ein Erlebnis aus seiner Collegezeit an ihm. Meistens kaschiert er seine Unsicherheit mit einer großmäuligen Art und gerät prompt an Sarah, die ihm mit einem gezielten Tritt zu verstehen gibt, dass sie arrogante, großmäulige und aufdringliche Typen nicht leiden kann. Der Spaß fängt erst an, als Sarah einen Bericht über Dupree schreiben soll, da er das Aushängeschild der New Yorker Brustkrebshilfe ist, für die sie arbeitet. Zwar mag Sarah keine arroganten, großmäuligen und aufdringlichen Typen, aber das ist Dupree ja auch eigentlich gar nicht ...

Seitenzahl: 342

„Kein Mann für die Ersatzbank“ (Band 6)

(Kurzroman)

erschienen im Februar 2014

Bobby O'Connor ist alles, was man sein muss, um erfolgreicher Sportagent zu sein - Kumpeltyp, großmäulig, blitzgescheit und extrem tough! Nur ist Bobby O'Connor kein Typ, sondern eine Frau. Eine Frau, die sich problemlos in dieser Männerdomäne durchsetzt und sogar mit verknallten Footballspielern umgehen kann. Jack Armstrong lernt die coole Sportagentin kennen und wird sehr schnell ihr bester Kumpel. Wenn er mit ihr zusammen ist, vergisst er manchmal sogar, dass sie eine Frau ist. Doch plötzlich kann er gar nicht anders, als daran zu denken, dass sie eine Frau ist - eine süße und extrem anziehende Frau ...

Seitenzahl: 216

„Unverhofft verliebt“ (Band 7)

erschienen im März 2014

Mit den Männern klappt es einfach nicht! Frustriert muss Claire erkennen, dass sie nicht der Typ Frau ist, den Männer heiraten wollen. Schön und gut ... sie haben nichts gegen einen Flirt mit der umwerfenden Rothaarigen einzuwenden und sind auch ganz sicher nicht abgeneigt, ihr das Kleid vom kurvenreichen Körper zu schälen, aber eine langfristige Beziehung scheint in weiter Ferne zu liegen. Doch Claire hat die Nase voll davon, nach Mr. Perfect zu suchen, und beschließt, auch ohne einen Mann an ihrer Seite das Glück zu finden und ein Baby zu bekommen. Wozu gibt es schließlich Samenbanken? Wenn sich Frauen mit Kreditkarten Schuhe und Taschen kaufen können, dann sollte es doch auch möglich sein, diese für den Kinderwunsch zu benutzen! Ihr Entschluss steht fest, doch dann hat ein One-Night-Stand mit dem wortkargen Grant Folgen, die den Einsatz der Kreditkarte unnötig machen ...

Seitenzahl: 307

„Auszeit für die Liebe“ (Band 8)

erschienen 8. Mai 2014

Sieg auf der ganzen Linie! Quinn Atherton hat alles, was ein Mann braucht, um ein verdammt cooler Typ zu sein. Zum einen lebt er den Traum eines jeden Amerikaners – er ist Profi-Footballspieler und kassiert Millionen dafür, dass er mit einem Lederball unter dem Arm über ein Spielfeld rennen darf, während ihm Tausende von begeisterten Zuschauern zujubeln. Zum anderen umschwärmen ihn heiße Groupies, die schneller ihre BHs öffnen können, als er das Wort Touchdown überhaupt über die Lippen bringen kann. Doch Quinn hat ein Problem. Er hat nämlich keine Lust, sich die Zeit mit Groupies zu vertreiben, sondern will seine Frau zurück - seine entzückende und streitlustige Frau Bryce, die ihn vor die Tür gesetzt und die Scheidung eingereicht hat. Eigentlich hat er keine Probleme, das weibliche Geschlecht um den Finger zu wickeln, doch Bryce stellt die Ohren auf Durchzug und ignoriert seine

Entschuldigungen rigoros. Aber die Liebe ist wie ein Footballspiel. Wenn man eine Chance sieht, zögert man nicht lange und rennt einfach los.

Seitenzahl: 370

„Hände weg vom Quarterback“ (Band 9)

erschienen im Juli 2014

Mitch Cahill war ein grandioser Quarterback und gefeierter Footballgott, der alles besaß, was er sich nur hätte wünschen können. Doch einige Auswärtsspiele, Groupies und eine Knieverletzung später ist er geschieden und muss sich vom Profifootball sowie von den New York Titans verabschieden. Letzteres macht ihm nichts aus, aber die Trennung von seiner Exfrau hat er auch nach vier Jahren kaum verwunden und tut sich schwer damit, wieder eine Beziehung einzugehen. Dank eines Postens als Geschäftsführer in seinem alten Verein ist er jedoch so abgelenkt, dass sein Liebesleben kaum von Belang für ihn ist. Vor allem als er bei der Arbeit mit Avery Lancaster aneinandergerät, schweifen seine Gedanken immer wieder zu der herrischen und unbeschreiblich hübschen Frau ab, die ihn bei ihrer ersten Begegnung einen abgehalfterten Ex-Footballspieler genannt hat. Es widerstrebt ihm aus tiefstem Herzen, mit dieser Furie zusammenzuarbeiten, doch es bleibt ihm nichts anderes übrig. Sobald Mitch erkennt, wie sie wirklich ist, und er ihre weiche Seite entdeckt, ist er hin und weg. Aber schafft er es auch, Averys Vertrauen zu gewinnen?

Seitenzahl: 355

„Küss mich, du Vollidiot“ (Band 10)

erschienen im Oktober 2014

Blake O’Neill ist ein Rüpel, ein Macho, ein widerlicher Kerl ... ein Footballspieler! Madison kann ihren Abscheu gegen ihn gar nicht in Worte fassen und versteht nicht, warum der Schwachkopf kein Nein von ihr akzeptiert. Seit er sie vor den Augen unzähliger Menschen zu Tode blamiert hat, wird sie ihn einfach nicht mehr los und fährt schwere Geschütze auf, um ihm klarzumachen, dass sie kein Interesse an einem oberflächlichen, großkotzigen und selbstherrlichen Typen wie ihm hat. Außerdem hat sie ganz andere Sorgen, als ihre Zeit damit zu verschwenden, seinen Flirtversuchen aus dem Weg zu gehen. Selbst als sie erkennt, was hinter seiner Fassade steckt, und sich ein Funke Mitleid in ihr regt, ändert das nicht ihre Meinung über ihn. Oder doch?

Seitenzahl: 317

Fitzpatrick-Reihe

„Brandheiße Küsse“ (Band 1)

erschienen im August 2014

Als Heath Fitzpatrick urplötzlich die Verlobung löst, bricht für Hayden eine Welt zusammen, immerhin liebt sie ihn, seit sie denken kann. Verzweifelt muss sie erkennen, dass er es mit der Trennung ernst meint, und bemüht sich darum, sich mit der neuen Situation zu arrangieren. Doch das ist gar nicht so leicht, schließlich ist Heaths Familie auch Teil ihres Lebens, die sich nicht davor scheut, sich ständig in alles einzumischen. Außerdem benimmt sich Heath nicht wie ein Mann, der keine Gefühle mehr für die Frau hegt, die er sein ganzes Leben lang geliebt hat. Auf diese Weise kann Hayden ihren Ex-Verlobten nicht aus ihren Gedanken vertreiben und aus ihren Gefühlen sowieso nicht, schließlich sind die Fitzpatricks dafür bekannt, dass man sie so leicht nicht loswird.

Seitenzahl: 250

„Draufgängerische Küsse“ (Band 2)

erschienen im Dezember 2014

Shane Fitzpatrick kommt sich nicht nur unwiderstehlich vor - er ist es auch. Groß, dunkelhaarig und mit der Erlaubnis ausgestattet, eine Waffe zu tragen, wird der irische Dickschädel von Frauen angeschmachtet, wo er geht und steht. Bislang hat er sich wegen dieses Umstandes noch nie beklagt und ist dafür bekannt, nichts anbrennen zu lassen, doch der Bostoner Polizist denkt mittlerweile darüber nach, die zahlreichen Dates sausen zu lassen und sich auf die Suche nach einer Frau zu machen, mit der er endlich sesshaft werden kann. Dumm nur, dass ausgerechnet die einzige Frau, für die er jemals etwas empfunden hat, nicht einmal seinen richtigen Namen kennt und einen guten Grund hat, Shane die ewige Verdammnis an den Hals zu wünschen.

Seitenzahl: 258

Impressum

Poppy J. Anderson
c/o copywrite Literaturagentur
Georg Simader
Woogstr. 43
60431 Frankfurt

Es werden grundsätzlich keine Pakete angenommen!

21577307R00120

Printed in Poland
by Amazon Fulfillment
Poland Sp. z o.o., Wrocław